O HOMEM QUE VIROU FUMAÇA

MAJ **SJÖWALL** / PER **WAHLÖÖ**

O HOMEM QUE VIROU FUMAÇA

Tradução de
MAURETTE BRANDT

1ª edição

EDITORA RECORD
RIO DE JANEIRO • SÃO PAULO
2015

CIP-BRASIL. CATALOGAÇÃO NA FONTE
SINDICATO NACIONAL DOS EDITORES DE LIVROS, RJ

S637h Sjöwall, Maj, 1935-
O homem que virou fumaça/ Maj Sjöwall, Per Wahlöö; tradução de Maurette Brandt. – 1ª ed. – Rio de Janeiro: Record, 2015.

Tradução de: Mannen som gick upp I rök
ISBN 978-85-01-09698-2

1. Ficção sueca. I. Wahlöö, Per. II. Brandt, Maurette. III. Título.

14-16812

CDD: 839.73
CDU: 821.113.6-3

Título original:
MANNEN SOM GICK UPP I RÖK

Copyright © Maj Sjöwall and Per Wahlöö 1966
Publicado mediante acordo com Salomonsson Agency.

Traduzido a partir do inglês *The man who went up in smoke*.

Texto revisado segundo o novo Acordo Ortográfico da Língua Portuguesa.

Todos os direitos reservados. Proibida a reprodução, no todo ou em parte, através de quaisquer meios. Os direitos morais dos autores foram assegurados.

Direitos exclusivos de publicação em língua portuguesa somente para o Brasil adquiridos pela
EDITORA RECORD LTDA.
Rua Argentina, 171 – Rio de Janeiro, RJ – 20921-380 – Tel.: 2585-2000,
que se reserva a propriedade literária desta tradução.

Impresso no Brasil

ISBN 978-85-01-09698-2

Seja um leitor preferencial Record.
Cadastre-se e receba informações sobre
nossos lançamentos e nossas promoções.

EDITORA AFILIADA

Atendimento e venda direta ao leitor:
mdireto@record.com.br ou (21) 2585-2002.

1

O quarto era pequeno e miserável. Não tinha cortinas, e a vista lá fora se resumia a uma parede cinza de tijolos, alguns motores enferrujados e um cartaz desbotado com propaganda de margarina. A vidraça central da folha esquerda da janela tinha quebrado e fora substituída por um pedaço de papelão malcortado. O papel de parede havia sido floral um dia, mas estava tão descolorido pela fuligem e pela umidade resultante das infiltrações que mal se conseguia ver o desenho original. Aqui e ali, tinha se descolado do emboço esfarelado da parede, e em muitos pontos dava para ver que houve tentativas de consertá-lo com fita adesiva e papel de embrulho.

No quarto havia uma estufa, seis peças de mobília e uma foto na parede. Diante da estufa, uma caixa de papelão com cinzas e um bule de alumínio amassado. O pé da cama dava para a estufa e, no lugar da roupa de cama, uma espessa camada de jornais, uma colcha rasgada e um travesseiro sem fronha. A foto mostrava uma loura nua de pé, ao lado de um parapeito de mármore, e tinha sido pendurada à direita da estufa, de modo que a pessoa deitada na cama pudesse vê-la antes de cair no sono e logo que acordasse. Aparentemente, alguém aumentara os mamilos e os genitais da mulher com o auxílio de um lápis.

Na outra parte do quarto, mais perto da janela, havia uma mesa redonda e duas cadeiras de madeira, uma delas faltando o encosto. Na mesa, três garrafas vazias de vermute, uma de refrigerante e duas xícaras de café, entre outras coisas. O cinzeiro tinha sido virado e, no meio das guimbas de cigarro, tampas de garrafa e fósforos riscados, havia alguns cubos de açúcar sujos, um canivete pequeno com as lâminas abertas e um pedaço de salame. Uma terceira xícara de café tinha caído no chão e se quebrara. Com o rosto virado para o linóleo gasto, entre a mesa e a cama, jazia um cadáver.

Era bem provável que fosse a mesma pessoa que havia retocado a foto da mulher e tentara emendar o papel de parede com pedaços de fita adesiva e papel de embrulho. Era um homem, e estava estirado com as pernas bem juntas, os cotovelos pressionando as costelas e as mãos esticadas em direção à cabeça, como se num esforço para se proteger. Usava uma túnica de lã e calças rasgadas. Nos pés, meias esfarrapadas de lã. Um grande aparador tinha sido virado sobre ele, escondendo sua cabeça e metade da parte superior do corpo. A terceira cadeira de madeira havia sido atirada ao lado do cadáver. O assento estava manchado de sangue e, na parte de trás, marcas de mãos eram claramente visíveis. O chão estava coberto de estilhaços de vidro. Alguns eram das portas de vidro do aparador, outros de uma garrafa de vinho partida ao meio que tinha sido jogada sobre uma pilha de roupas íntimas sujas, perto da parede. O que restou da garrafa estava coberto por uma fina camada de sangue seco. Alguém desenhara um círculo branco em torno dela.

Em sua categoria, a foto era quase perfeita, tirada com a melhor grande-angular que a polícia possuía e com uma luz artificial que imprimia a cada detalhe uma nitidez crua.

Martin Beck pôs a fotografia e a lente de aumento sobre a mesa e foi até a janela, do outro lado da sala. Lá fora, o verão sueco estava no auge. Mais do que isso: fazia calor. Na grama do Kristinebergsparken, algumas jovens tomavam sol de biquíni. Estavam deitadas de costas, com as pernas abertas e os braços estendidos, afastados do corpo. Eram jovens e magras – ou esbeltas, como dizem – e podiam se bronzear com certa graça. Ao olhar mais atentamente, até as reconheceu: eram duas jovens que trabalhavam no escritório de seu próprio departamento. Isso significava que passava do meio-dia. Pela manhã vestiram seus biquínis e vestidos floridos, calçaram suas sandálias e foram para o trabalho; na hora do almoço tiraram os vestidos e foram tomar sol no parque. Prático.

Desanimado, recordou que logo teria de deixar tudo aquilo e se transferir para o centro de operações sul da polícia, na violenta área próxima de Västberga Allé.

Atrás de si, ouviu alguém escancarar a porta e entrar na sala. Nem precisou se virar para saber quem era: Stenström, naturalmente. Era o mais jovem do departamento e, depois dele, haveria toda uma geração de detetives que não tinham o costume de bater na porta antes de entrar.

— Como estão as coisas? — perguntou Martin Beck.

— Não muito bem — respondeu Stenström. — Quando estive lá, há uns 15 minutos, o sujeito continuava negando tudo categoricamente.

Martin Beck virou-se, voltou à sua mesa e, mais uma vez, examinou a foto da cena do crime. No teto, bem em cima do colchão de jornais, da colcha rasgada e do travesseiro sem fronha, aparecia uma mancha já antiga de umidade, com o formato semelhante ao de um cavalo-marinho. Com um pouco de boa vontade, seria possível enxergar ali uma sereia. Ele ficou se perguntando se o homem estendido no chão teria tido imaginação para isso.

— Não importa — disse Stenström, ansioso. — Vamos pegá-lo com as provas técnicas.

Martin Beck não respondeu. Em vez disso, apontou para o volumoso relatório que Stenström acabara de deixar em sua mesa:

— O que é isso?

— O registro do interrogatório de Sundbyberg.

— Leve essa coisa nojenta daqui. A partir de amanhã estarei de férias. Passe para Kollberg. Ou a quem você quiser.

Martin Beck pegou a fotografia, subiu um lance de escadas, abriu uma porta e viu-se na companhia de Kollberg e Melander.

Lá fora estava bem mais quente do que naquela sala, provavelmente porque as janelas estavam fechadas, e as cortinas, puxadas. Kollberg e o suspeito estavam sentados um de frente para o outro, imóveis, diante da mesa. Melander, que era um homem alto, estava em pé ao lado da janela, com o cachimbo na boca e os braços cruzados. Olhava fixamente para o suspeito. Numa cadeira perto da porta encontrava-se um guarda, com as calças do uniforme e uma camisa azul-clara; equilibrava o quepe no joelho direito. Ninguém dizia nada, e a única coisa que se ouvia era o ruído da fita rodando no gravador. Martin Beck se posicionou em um dos lados, logo atrás de Kollberg, e aderiu ao silêncio geral. Dava para ouvir o barulho de uma vespa que se debatia contra a janela, atrás das cortinas. Kollberg havia tirado o paletó e desabotoado a camisa; ainda assim, a roupa estava ensopada pelo suor que escorria entre suas escápulas. A mancha úmida foi mudando de formato devagar e se alastrou de forma descendente, fazendo uma linha ao longo da coluna.

O homem do outro lado da mesa era pequeno, de cabelos ralos. Estava em desalinho, e as mãos que se aferravam ao braço de sua cadeira não eram bem-cuidadas, com unhas roídas e sujas. O queixo tremia levemente, e os olhos pareciam enevoados e lacrimosos. O sujeito respirou fundo, e duas lágrimas rolaram por sua face.

— Hummm — disse Kollberg com ar melancólico. — Então você bateu na cabeça dele com a garrafa até ela quebrar, foi?

O homem assentiu.

— E depois continuou a bater nele com a cadeira até ele cair? Bateu quantas vezes?

— Não sei. Não muitas. Mas bati bastante.

— Posso imaginar. E depois você virou o aparador em cima dele e saiu do quarto. E o que o terceiro homem fez nesse meio-tempo? Esse tal de Ragnar Larsson? Não tentou interferir? Quero dizer, não tentou deter você?

— Não, não fez nada. Só deixou rolar.

— Não comece a mentir de novo.

— Ele estava dormindo. Tinha desmaiado.

— Tente falar um pouco mais alto, está bem?

— Ele estava deitado na cama, dormindo. Não percebeu nada.

— Não até a hora em que retomou a consciência e foi à polícia. Bem, até aqui está tudo claro. Mas tem uma coisa que eu ainda não entendi direito. Por que as coisas chegaram a esse ponto? Vocês nunca tinham se visto até se conhecerem naquela cervejaria.

— Ele me chamou de nazista de merda.

— Todo policial é chamado de nazista de merda várias vezes por semana. Centenas de pessoas já me chamaram de nazista, de homem da Gestapo e até de coisas piores, mas nunca matei ninguém por isso.

— Ele ficou lá sentado repetindo isso mil vezes, nazista de merda, nazista de merda, nazista de merda... Era a única coisa que ele dizia. E ainda cantarolou!

— Cantarolou?

— Sim, para zombar de mim. Para me irritar. Com relação a Hitler.

— Humm. Bem, você deu a ele algum motivo para tratá-lo dessa forma?

— Eu tinha falado que minha mãe era alemã. Mas isso foi antes.

— Antes de você começar a beber?

— Isso. E ele disse apenas que não importava o tipo de mãe que um cara tinha.

— E quando ele estava prestes a entrar na cozinha você pegou a garrafa e o atingiu por trás?

— Sim.

— E ele caiu?

— Sim, caiu meio de joelhos. E começou a sangrar. Então disse: "Seu baixinho nazista infame, agora você está ferrado!"

— E então você continuou batendo?

— Fiquei... com medo. Ele era maior que eu e... você não sabe como é a sensação... tudo começa a rodar, rodar, rodar, e tudo fica vermelho... Parecia que eu não sabia o que estava fazendo.

Os ombros do homem tremiam violentamente.

— Já chega — disse Kollberg, e desligou o gravador. — Pegue algo para ele comer e pergunte ao doutor se ele pode tomar um sedativo.

O guarda próximo à porta se levantou, pôs o quepe e conduziu o assassino para fora, segurando-o levemente pelo braço.

— Por enquanto, tchau. Vejo você amanhã — despediu-se Kollberg, distraído. Ao mesmo tempo, escrevia mecanicamente no papel à sua frente: "Confessou chorando." — Que figura — disse.

— Cinco vezes condenado por agressão — disse Melander. — Apesar de ter negado todas as vezes. Lembro-me muito bem dele.

— Falou o arquivo ambulante — comentou Kollberg. Levantou-se pesadamente e encarou Martin Beck. — O que *você* está fazendo aqui? Vá aproveitar suas férias e deixe a gente cuidar dos meandros do crime nas classes mais baixas. A propósito, para onde vai? Para as ilhas?

Martin Beck assentiu.

— Boa pedida — prosseguiu Kollberg. — Fui primeiro para a Romênia e praticamente fritei em Mamaia. Depois voltei para Estocolmo e quase cozinhei. Fantástico. E você não tem telefone lá?

— Não.

— Excelente. Vou tomar uma chuveirada agora. Vá embora logo.

Martin Beck chegou a pensar por um momento; a sugestão tinha lá suas vantagens. Entre outras coisas, poderia escapar do trabalho um dia antes de entrar em férias. Deu de ombros.

— Bem, estou indo. Tchau, rapazes. Vejo vocês daqui a um mês.

2

A maioria das pessoas já havia retornado das férias, e as ruas de Estocolmo, no auge do calor de agosto, começavam a se encher de gente que tinha passado algumas semanas chuvosas de julho em tendas, trailers e pousadas no interior. Nos últimos dias, o metrô voltara a ficar cheio, mas agora, no meio do dia de trabalho, Martin Beck estava praticamente sozinho em seu vagão. Sentado, olhava para todo aquele verde coberto de poeira do lado de fora, contente porque as tão esperadas férias finalmente iriam começar.

A família estava havia um mês no arquipélago. Nesse verão ele tivera a sorte de alugar um chalé que pertencia a um parente distante de sua esposa. A casa ficava numa ilhota na parte central do arquipélago, totalmente isolada. O parente tinha viajado para o exterior, portanto podiam ficar lá até as crianças voltarem às aulas.

Martin Beck entrou em seu apartamento vazio e foi direto para a cozinha, onde pegou uma cerveja na geladeira. Tomou alguns goles em frente à pia e depois levou a garrafa para o quarto. Despiu-se e foi até a varanda, só de cueca. Sentou-se ao sol por alguns minutos, com os pés no beiral, e ficou ali até terminar a cerveja. O calor lá fora estava quase intolerável; quando esvaziou a garrafa, levantou-se e voltou ao relativo frescor do interior da casa.

Consultou o relógio. O barco partiria em duas horas. A ilha ficava numa área do arquipélago onde o transporte era feito por um dos poucos barcos a vapor antigos que ainda resistiam ao tempo. Esta, pensou Martin Beck, era a melhor parte desse verdadeiro achado que conseguiram para as férias de verão.

Voltou à cozinha e colocou a garrafa vazia no chão da despensa, da qual, aliás, haviam sido retirados todos os itens perecíveis. Ainda assim, por segurança, deu uma nova olhada para ver se tinha esquecido alguma coisa antes de trancá-la. Em seguida desligou a geladeira, colocou as fôrmas de gelo na pia e conferiu tudo na cozinha antes de fechar a porta e retornar ao quarto para arrumar sua mala.

No fim de semana tinha levado para a ilha a maior parte dos artigos de uso pessoal. Sua mulher tinha lhe dado uma lista de itens que ela e as crianças queriam; para acomodá-los, precisou de duas malas. Como ainda tinha de ir ao supermercado para comprar mais comida, decidiu pegar um táxi até o barco.

Havia muito espaço a bordo quando Martin Beck apanhou suas malas, subiu ao convés e sentou-se.

O calor tremulava sobre a cidade, que parecia mergulhada numa calma quase mortal. O verde na Karl XII:s torg havia perdido seu frescor, e as bandeiras do Grand Hotel estavam caídas. Martin Beck consultou o relógio e esperou, com impaciência, que os homens lá embaixo recolhessem a prancha de acesso.

Quando sentiu as primeiras vibrações do motor, levantou-se e foi para a popa. Enquanto o barco se afastava do cais, debruçou-se na amurada e ficou observando as hélices, que transformavam a água numa espuma branco-esverdeada. O apito da máquina a vapor soava um tanto rouco; quando o barco começou a virar na direção de Saltsjön, com o casco sacudindo, ele continuou na amurada e recebeu no rosto a brisa fresca. De repente, sentiu-se livre e sem problemas; por um breve instante, pareceu reviver as sensações que experimentava quando garoto, no primeiro dia das férias de verão.

Jantou no salão de refeições, depois voltou para o convés. Antes de se aproximar do píer onde iria ancorar, o barco passou por sua ilha, e Beck avistou o chalé, com algumas cadeiras de cores alegres no jardim e, na praia, sua mulher. Estava agachada na beira d'água; imaginou que estivesse lavando batatas. Viu que ela se levantou, mas não teve certeza de se podia avistá-lo daquela distância, com o sol da tarde nos olhos.

Os filhos vieram ao seu encontro no bote. Martin Beck gostava de praticar remo e, ignorando os protestos do filho, pegou os remos e cruzou a baía entre o cais dos barcos a vapor e a ilha. Sua filha — que se chamava Ingrid, mas era chamada de Pequenina, ainda que fosse completar 15 anos em poucos dias – sentou-se na popa do bote e começou a lhe contar tudo sobre um baile. Rolf, que tinha 13 anos e desprezava garotas, falou sobre um lúcio que tinha devolvido ao mar. Martin Beck ouvia tudo distraidamente, aproveitando a remada.

Depois de tirar as roupas de trabalho, nadou um pouco rente à rocha antes de vestir calças azul-marinho e um suéter. Após o jantar, ficou conversando com a esposa do lado de fora do chalé e vendo o sol se pôr atrás das ilhas, do outro lado da baía que mais parecia um espelho. Foi para a cama cedo, depois de armar algumas redes com o filho.

Pela primeira vez em muito tempo, adormeceu imediatamente.

Quando acordou, o sol ainda estava baixo, e o orvalho cobria a grama. Levantou-se e, com os pés descalços, sentou-se numa cadeira de balanço na frente do chalé. Parecia que o dia seria tão agradável quanto a véspera, mas o sol ainda não estava propriamente quente, e Martin Beck, de pijama, sentiu um pouco de frio. Algum tempo depois, entrou novamente e sentou-se na varanda, com uma xícara de café na mão. Por volta das sete horas, vestiu-se e acordou o filho, que relutou um pouco em levantar. Saíram no barco a remo e foram puxar as redes, que não tinham nada além de uma massa de algas e plantas aquáticas. Quando voltaram, as mulheres da família haviam acordado, e o café estava na mesa.

Depois de comer, Martin Beck foi até o galpão e começou a pendurar e limpar as redes. Era um trabalho que desafiava sua paciência, e ele decidiu que, no futuro, precisava delegar a seu filho a responsabilidade de prover o peixe para a família.

Estava quase acabando a última rede quando ouviu o barulho de um motor atrás de si. Uma pequena embarcação de pesca contornou o local e veio em sua direção. Martin Beck reconheceu imediatamente o homem que pilotava o barco: era Nygren, dono de um pequeno ancoradouro na ilha ao lado e seu vizinho mais próximo. Como não havia água potável na ilha em que estava a família de Beck, eles a compravam de Nygren. Ele também tinha um telefone. Desligou o motor e gritou:

— Telefone! Querem que você retorne o mais rápido possível. Anotei o número num pedaço de papel e deixei ao lado do aparelho.

— A pessoa não disse quem era? — perguntou Martin Beck.

— Anotei o nome também. Tenho de ir até Skärholmen agora e Elsa está no canteiro de morangos, mas a porta da cozinha está aberta.

Nygren ligou o motor novamente e, de pé na popa, zarpou em direção à baía. Antes de sumir de vista, acenou com o braço erguido.

Martin Beck observou-o por um breve momento; depois desceu até o píer, desamarrou seu barco e começou a remar em direção ao ancoradouro do vizinho. Enquanto remava, pensava: "Inferno. Kollberg que vá para o inferno! Justo quando eu quase tinha esquecido que ele existia!"

No bloquinho que ficava debaixo do telefone preso à parede, na cozinha de Nygren, estava escrito, de forma quase ilegível: Hammar 54 10 60.

Martin Beck discou o número e só começou a ficar realmente alarmado enquanto aguardava a telefonista completar a ligação.

— Hammar falando — respondeu ele, do outro lado da linha.
— O que houve?
— Martin, mil desculpas, mas preciso pedir que você volte assim que possível. Talvez você tenha que sacrificar o restante das férias. Melhor dizendo, acho que deve adiá-las. — Hammar ficou em silêncio por alguns segundos e completou: — Se puder, claro.
— O restante das minhas férias? Ainda não tive nem um dia inteiro!
— Lamento, de verdade, Martin, mas eu não pediria isso se não fosse realmente necessário. Pode estar aqui hoje ainda?
— Hoje? O que aconteceu?
— Se pudesse estar aqui hoje seria ótimo. É realmente importante. Conto mais detalhes quando você chegar.
— Tem um barco que sai em uma hora... — disse Martin Beck, contemplando a baía brilhante e banhada de sol através da janela suja de cocô de mosca. — Mas o que há de tão importante? Será que não dá para Kollberg ou Melander...
— Não. É você que tem que cuidar disso. Ao que parece, uma pessoa desapareceu.

3

Quando Martin Beck abriu a porta da sala de seu chefe, faltavam dez minutos para uma hora da tarde. Estivera de férias por exatas 24 horas.

O comissário Hammar era um homem de constituição vigorosa, pescoço curto e grosso e cabelos grisalhos desalinhados. Estava quase imóvel em sua cadeira giratória, com os antebraços apoiados no tampo da mesa e completamente absorto naquilo que as más línguas garantiam ser sua ocupação favorita: não fazer absolutamente nada.

— Ah, você chegou — disse, com azedume. — Já não era sem tempo. Precisa estar no Escritório de Assuntos Estrangeiros daqui a meia hora.

— No Escritório de Assuntos Estrangeiros?

— Exatamente. Vá ver este homem.

Hammar segurava um cartão entre o polegar e o indicador como se fosse um pedaço de alface com uma lagarta. Martin Beck leu o nome. Não lhe dizia nada.

— Alto escalão — explicou Hammar. — Ele se considera muito próximo do ministro. — Fez uma pequena pausa. — Também nunca ouvi falar do cara.

Hammar tinha 59 anos e era policial desde 1927. Não gostava de políticos.

— Você não parece estar tão irritado quanto deveria — continuou ele. Martin Beck refletiu sobre isso por um momento, mas decidiu que estava confuso demais para ficar irritado.

— Afinal, do que se trata exatamente?

— Conversaremos melhor mais tarde. Depois que você se encontrar com esse babaca aí.

— Mas você disse algo sobre um desaparecimento.

Hammar olhou pela janela, atormentado, e em seguida deu de ombros:

— A coisa toda é bem idiota. Para falar a verdade, fui... "instruído" a não passar qualquer suposta "informação adicional" antes de você ir ao Escritório de Assuntos Estrangeiros.

— Agora começamos a receber ordens deles também?

— Como você sabe, há vários departamentos — explicou Hammar, divagando. Seu olhar se perdeu em algum lugar no meio da folhagem de verão. — Desde que comecei na polícia, lidamos praticamente com um regimento inteiro de ministros. A esmagadora maioria deles sabia tanto sobre a polícia quanto eu entendia de piolhos. Ou seja, só sabem que ela existe e pronto. Até logo — concluiu, abruptamente.

— Até — respondeu Martin Beck.

Quando Beck alcançou a porta, Hammar voltou ao presente:

— Martin.

— Sim?

— Uma coisa eu posso dizer a você. Não precisa aceitar essa tarefa, se não quiser.

O homem que se considerava muito próximo do ministro era grande, anguloso e ruivo. Encarou Martin Beck com seus olhos azuis marejados, levantou-se rápido, contornou sua mesa e abriu os braços expansivamente para receber o policial.

— Esplêndido — disse ele. — Foi esplêndido da sua parte vir até aqui.

Apertaram-se as mãos com grande entusiasmo. Martin Beck não disse nada.

O homem voltou à sua cadeira giratória, agarrou seu cachimbo frio e mordeu o cabo com seus dentes grandes, cavalares e amarelados. Depois se jogou para trás na cadeira, enfiou um dedão no fornilho do cachimbo, acendeu um fósforo e avaliou seu visitante com um olhar frio através da nuvem de fumaça.

— Nada de cerimônia — disse ele. — Sempre começo uma conversa séria desse jeito. Cuspindo na cara do outro. As coisas parecem transcorrer mais facilmente depois disso. Meu nome é Martin.

— O meu também — respondeu Martin Beck sombriamente. Logo em seguida, acrescentou: — É uma infeliz coincidência. Talvez isso possa complicar a questão.

Seu comentário pareceu confundir o homem, que o olhou com severidade, como se farejasse alguma armadilha no ar. Depois riu estrondosamente.

— Claro. Que engraçado. Ha, ha, ha. — Silenciou subitamente e se lançou ao interfone. Apertava nervosamente os botões enquanto murmurava: — Sim, sim. De fato é muito engraçado. — Não havia o menor sinal de humor em sua voz. — Posso dar uma olhada no arquivo de Alf Matsson? — pediu ao aparelho.

Uma mulher de meia-idade entrou com uma pasta e a depositou na mesa à sua frente. O homem nem mesmo se dignou a olhar para a mulher. Quando ela saiu, fechando a porta atrás de si, ele voltou para Martin Beck seu olhar de poucos amigos, frio e impessoal, ao mesmo tempo em que abria a pasta. Esta, por sinal, continha uma única folha de papel, repleta de anotações rabiscadas a lápis.

— Essa é uma história complicada e extremamente desagradável — disse.

— Ah. Em que aspecto?

— Conhece Matsson?

Martin Beck fez que não com a cabeça.

— Não? Ele é bastante conhecido, na verdade. Jornalista. Escreve principalmente nas revistas semanais. Para a televisão também. Texto brilhante. Veja.

Abriu uma gaveta e esquadrinhou-a; depois fez o mesmo em outra. Finalmente ergueu seu mata-borrão e encontrou o que procurava.

— Detesto falta de cuidado — disse, lançando um olhar malicioso em direção à porta.

Martin Beck estudou o objeto da busca: uma ficha muito bem-datilografada que continha certas informações sobre uma pessoa que atendia pelo nome de Alf Matsson. O homem de fato parecia ser um jornalista, funcionário de uma das maiores revistas semanais do país. Revista, aliás, que o próprio Martin Beck nunca tinha lido, mas que vira algumas vezes, com ansiedade e desconfiança veladas, na mão de seus filhos.

Além disso, a ficha informava que Alf Sixten Matsson tinha nascido em Gotemburgo em 1934. Presa ao cartão com um clipe estava uma fotografia comum de passaporte. Martin Beck ergueu a cabeça e contemplou o rosto de um homem relativamente jovem, com bigode, barba curta e bem-aparada e óculos redondos, com aros de aço. O rosto era tão completamente inexpressivo que ele imaginou que a foto provavelmente fora tirada numa das cabines fotográficas espalhadas pela cidade. O inspetor colocou a ficha na mesa e olhou inquisitivamente para o homem ruivo.

— Alf Matsson desapareceu — disse o outro Martin, enfático.

— E seus interrogatórios não produziram nenhum resultado?

— Não houve interrogatórios. Nem vai haver — respondeu, com o olhar fixo de um maníaco.

Martin Beck, que no início não tinha se dado conta de que aquele olhar lacrimoso denunciava uma determinação ferrenha, ficou meio desconcertado.

— Ele sumiu há quanto tempo?

— Dez dias.

A resposta não o surpreendeu. Se o homem tivesse dito dez minutos ou dez anos, também não se sentiria particularmente comovido. A única coisa que surpreendeu Martin Beck naquele momento foi o fato de estar sentado ali, e não remando na ilha. Consultou o relógio; provavelmente teria tempo de pegar o barco noturno e voltar.

— Dez dias não é muito tempo — disse, de modo ameno.

Outro funcionário veio de uma sala próxima e entrou na conversa tão diretamente que só podia estar escutando do outro lado da porta. Aparentemente, uma espécie de "secretário", pensou Martin Beck.

— Nesse caso específico, é tempo demais — disse o recém-chegado. — As circunstâncias são bastante excepcionais. Alf Matsson voou para Budapeste no dia 22 de julho, como correspondente de sua revista, para fazer algumas matérias. Na segunda-feira seguinte deveria ligar para a redação aqui em Estocolmo e ditar o texto de uma espécie de coluna que ele assina toda semana. Não ligou. É relevante o fato de que Alf Matsson sempre cumpria pontualmente seus *deadlines*, como diz o pessoal do jornal. Em outras palavras, nunca perdia um prazo quando se tratava de entregar seus textos. Dois dias depois, a revista ligou para o hotel em Budapeste, onde informaram que ele *estava* hospedado lá, mas aparentemente não se encontrava no hotel na hora da ligação. O escritório da revista deixou uma mensagem: Matsson deveria entrar em contato com Estocolmo imediatamente, assim que retornasse ao hotel. Esperaram mais dois dias. Nada aconteceu. Procuraram a esposa dele, aqui em Estocolmo, que também não havia tido qualquer notícia dele. Esse fato em si não significaria nada, pois os dois estão se divorciando. No último sábado, o editor nos chamou. Àquela altura já havia feito um novo contato com o hotel de Budapeste e ele recebeu a informação de que ninguém tinha visto Matsson desde o dia em que a revista tinha telefonado pela primeira vez, mas que seus pertences ainda estavam no quarto e que seu passaporte ainda se encontrava na recepção. Na última segunda-feira, 1º de agosto, nós nos comunicamos com o nosso pessoal em Budapeste. Não sabiam nada sobre Matsson, mas designaram um profissional para "sondar" o assunto, como dizem, junto à polícia húngara, que aparentemente "não se interessou" pelo caso. Na última terça-feira, recebemos uma visita do editor-chefe da revista. Foi uma reunião muito desagradável.

O homem ruivo com certeza tinha sido destratado nessa reunião. Mordeu o cabo do cachimbo, irritado:

— Sim, exatamente. Muito desagradável. — E acrescentou, sem qualquer explicação: — Este é o meu secretário.

— Muito bem — disse o secretário —, de qualquer forma, o resultado da conversa foi que entramos em contato, de maneira extraoficial, com o alto escalão da polícia ontem, o que resultou em sua vinda aqui hoje. Aliás, estamos muito felizes por você estar aqui.

Apertaram as mãos. Martin Beck ainda não tinha conseguido identificar as configurações do caso; coçava o nariz, pensativo.

— Receio que, na verdade, eu não tenha entendido direito — disse. — Por que os editores não reportaram o fato pela via normal, rotineira?

— Isso você saberá num minuto. O editor-chefe e o responsável pela publicação da revista são a mesma pessoa, e ele não quis informar o fato à polícia ou exigir uma investigação oficial porque, com isso, o caso se tornaria conhecido na mesma hora e toda a imprensa o noticiaria. Matsson é o correspondente da revista e desapareceu durante uma viagem a serviço no exterior; portanto, quer isso esteja certo, quer errado, a revista encara esse assunto como notícia exclusiva. O editor-chefe de fato pareceu um pouco preocupado com Matsson, mas, por outro lado, não se fez de rogado: declarou que farejava ali um furo de reportagem, como eles dizem, uma matéria que aumentaria a circulação da publicação em pelo menos umas 100 mil cópias num piscar de olhos. Se você conhece um pouco a linha editorial que essa revista adota, então deve saber do que estou falando... Bem, de qualquer forma, um dos correspondentes desapareceu. E o fato de isso ter acontecido na Hungria, entre tantos lugares do mundo, torna a notícia ainda mais quente.

— Atrás da Cortina de Ferro — disse o homem ruivo, com ar grave.

— Não usamos expressões como essa — retrucou o outro homem. — Bem, espero que você entenda o que isso significa. Se o caso for relatado e ganhar os jornais, isso é ruim, ainda que o assunto seja mantido dentro de proporções razoáveis e receba um tratamento relativamente factual. Mas se a revista mantiver o assunto entre quatro paredes e usar o fato em seu próprio proveito com o objetivo de influenciar a opinião pública, então só Deus sabe no que pode dar... Bem, de qualquer forma, poderia abalar relações importantes, nas quais tanto nós quanto outras pessoas investimos muito tempo e um esforço considerável. O editor da revista tinha em mãos uma cópia de um artigo prontinho quando esteve aqui na segunda-feira. Tivemos o desprazer de lê-lo. Se fosse publicado, seria um desastre absoluto em alguns aspectos. E eles, na verdade, tinham a intenção de publicá-lo na edição desta semana. Foi necessário usar todo o nosso poder de persuasão e apelar para todos os padrões éticos aceitáveis para impedir essa publicação. O assunto terminou com um ultimato do editor-chefe. Se Matsson não der o ar da graça por livre e espontânea vontade, ou se nós não o encontrarmos antes do fim da próxima semana... bem, aí vai gerar atritos.

Martin Beck coçou a cabeça.

— Suponho que a revista esteja investigando por conta própria — disse ele.

O funcionário olhou distraidamente para seu superior, que a essa altura soltava furiosas baforadas em seu cachimbo.

— Tive a impressão de que os esforços da revista nesse sentido foram, por assim dizer, modestos. Que haviam interrompido suas iniciativas nesse sentido até segunda ordem. A propósito, eles não têm a menor ideia de onde Matsson possa estar.

— Ao que tudo indica, não há dúvidas de que o homem desapareceu — concluiu Martin Beck.

— Sim, exato. E isso é muito preocupante.

— Mas ele não pode ter simplesmente virado fumaça — retrucou o ruivo.

O inspetor pousou um cotovelo na beira da mesa, fechou o punho e apertou os nós dos dedos contra o osso do nariz. O barco a vapor, a ilha e o quebra-mar tornaram-se cada vez mais distantes e difusos em sua mente.

— E onde eu entro nisso tudo?

— A ideia foi nossa, mas naturalmente não sabíamos que contaríamos com você pessoalmente. Não podemos investigar tudo isso, muito menos em apenas dez dias. O que quer que tenha acontecido, se o sujeito estiver se escondendo por alguma razão, se cometeu suicídio, se sofreu um acidente ou... se houve alguma outra coisa, isso é um caso de polícia. Quero dizer, esse trabalho só pode ser feito por um profissional. Portanto, extraoficialmente, entramos em contato com o mais alto escalão da polícia. E alguém recomendou você. Agora é questão de saber se você vai aceitar o caso. O simples fato de ter vindo até aqui indica, suponho, que pode ser liberado de suas outras obrigações.

Martin Beck conteve a custo uma risada. Os dois oficiais o olharam com severidade; possivelmente consideraram seu comportamento inadequado.

— Sim, provavelmente poderei ser liberado — disse, pensando em suas redes e no barco a remo. — Mas os senhores acham que eu poderia fazer exatamente o quê?

O funcionário deu de ombros.

— Ir para lá, suponho. Encontrar o sujeito. Pode partir amanhã de manhã, se desejar. Está tudo arranjado pelos nossos contatos. Você será temporariamente transferido para nossa folha de pagamento, mas sem status de funcionário. Ajudaremos você de todas as formas possíveis, é óbvio. Por exemplo, se quiser, pode entrar em contato com a polícia de lá, ou não. Como disse, pode viajar amanhã mesmo.

Martin Beck pensou um pouco.

— Depois de amanhã, nesse caso.

— Pode ser também.

— Falo com vocês esta tarde.

— Mas não fique pensando demais.

— Telefono em mais ou menos uma hora. Até logo.

O homem ruivo se levantou correndo e circundou a mesa. Bateu nas costas de Martin Beck com a mão esquerda e apertou sua mão com a direita.

— Bem, até logo então. Até logo, Martin. E faça o que puder. Isso é importante.

— De fato *é* importante — reforçou o outro homem.

— Sim — disse o ruivo. — Pode ser que tenhamos outro caso Wallenberg em nossas mãos.

— Essa é a palavra que fomos instruídos a não mencionar — retrucou o secretário, desesperado e cansado.

Martin Beck assentiu e saiu.

— Você vai para lá? — perguntou Hammar.

— Ainda não sei. Nem falo a língua...

— Nem você nem ninguém no departamento. Pode ter certeza absoluta: nós verificamos. De qualquer forma, dizem que dá para se virar com o alemão e o inglês.

— História estranha.

— Eu diria estúpida. Mas sei de algo que aquela turma dos Assuntos Estrangeiros não sabe. Temos um dossiê sobre ele.

— Sobre Alf Matsson?

— Sim. A Terceira Divisão tem. Nos arquivos secretos.

— Contraespionagem?

— Exatamente. O Departamento de Segurança. Fizeram uma investigação sobre esse cara há três meses.

Ouviu-se uma pancada ensurdecedora na porta, e Kollberg esgueirou a cabeça pela fresta. Quando viu Martin Beck, arregalou os olhos, atônito.

— O que está fazendo aqui?

— Aproveitando minhas férias.

— Que fofoquinha é essa entre vocês? Devo sair? Tão silenciosamente quanto entrei, sem ninguém notar?

— Sim — respondeu Hammar. — Não, não vá. Estou cansado de missões secretas. Entre e feche a porta.

Sacou então uma pasta de dentro de uma gaveta.

— Foi uma investigação de rotina — explicou ele — e não gerou nenhuma ação de fato. Mas partes dela podem interessar a qualquer pessoa que esteja querendo se inteirar do caso.

— Mas que diabos você está aprontando? — perguntou Kollberg. — Abriu uma agência de detetives ou coisa assim?

— Se não vai parar de falar feito uma matraca, pode ir embora — rebateu Martin Beck. — Por que a contraespionagem estava interessada em Matsson?

— O povo dos passaportes tem suas pequenas excentricidades. No aeroporto de Arlanda, por exemplo, eles anotam os nomes das pessoas que viajam para os países da Europa que exigem vistos. Algum jovem brilhante examinou os registros e concluiu que esse Alf Matsson viajava para esses lugares com demasiada frequência. Varsóvia, Praga, Budapeste, Sófia, Bucareste, Constanta, Belgrado. O cara foi muito inteligente ao usar o próprio passaporte...

— E daí?

— E daí que o Departamento de Segurança fez uma investigação secreta. Visitaram, por exemplo, a revista onde ele trabalha e fizeram umas perguntas.

— E quais foram as respostas?

— Que tudo estava perfeitamente em ordem. "Alf Matsson *é* ótimo porque usa o próprio passaporte. E porque não o faria? É o nosso correspondente para assuntos do Leste Europeu." Os resultados da investigação não foram muito além desse ponto, mas há certos detalhes interessantes. Pegue essa droga e leia você mesmo. Pode ficar aqui, porque agora eu vou para casa. E essa noite vou ver um filme do James Bond. Tchau!

Martin Beck pegou o relatório e começou a ler. Quando terminou a primeira página, passou-o para Kollberg, que pegou o material com as pontas dos dedos e colocou-o bem à sua frente. O inspetor questionou-o com o olhar.

— Eu suo demais — justificou Kollberg. — Não quero sujar os documentos secretos desses caras.

Martin Beck assentiu. Ele próprio nunca suava, exceto quando estava resfriado. Não trocaram uma palavra durante a meia hora seguinte.

O dossiê não continha muita informação de interesse imediato, mas fora compilado com muito rigor. Alf Matsson não tinha nascido em Gotemburgo em 1934, e sim em Mölndal em 1933. Começara como jornalista no interior em 1952 e tinha sido repórter de vários jornais diários antes de ir para Estocolmo, como cronista esportivo, em 1955. Nessa função fez várias viagens ao exterior, inclusive para cobrir os Jogos Olímpicos em Melbourne, em 1956, e em Roma, em 1960. Vários editores garantiram que era um jornalista competente: "[...] hábil e muito rápido na escrita." Tinha deixado o jornalismo diário em 1961, quando foi contratado pela revista semanal para a qual ainda trabalhava. Nos últimos quatro anos, dedicava cada vez mais tempo às reportagens internacionais. Falava sobre uma ampla gama de assuntos, desde política e economia a esportes e celebridades. Passou nos exames para ingressar na universidade e falava inglês e alemão fluentemente; tinha um espanhol aceitável e compreendia um pouco de francês e de russo. Ganhava mais de 40 mil coroas por ano e havia se casado duas vezes. O primeiro casamento acontecera em 1954 e terminara no ano seguinte. Casou-se novamente em 1961. Tinha dois filhos; uma filha do primeiro casamento e um filho do segundo.

Com uma diligência louvável, o dossiê dedicou-se também aos aspectos menos admiráveis da vida do sujeito. Em várias ocasiões ele havia deixado de pagar a pensão da filha mais velha. A primeira mulher o descrevia como "um bêbado e um bruto". Entre parênteses, o dossiê alertava para o fato de que essa testemunha não parecia ser inteiramente confiável. Havia, porém, vários indícios de que Alf Matsson bebia — entre os quais um comentário no depoimento de um ex-colega, que o apontava como "normal, mas um babaca quando bebia"; no entanto, somente um desses depoimentos fora devidamente confirmado com provas. Na véspera do Dia de Reis, em 1966, uma viatura em Malmö o levou à emergência do Hospital Geral após ter sido esfaqueado na mão durante uma briga feia ocorrida na casa de um certo Bengt Jönsson, a quem Matsson estava visitando. O caso foi investigado pela polícia, mas não foi levado a tribunal, pois o jornalista não quis apresentar queixa. No entanto, dois policiais chamados Kristiansson e Kvant descreveram Matsson e Jönsson como pessoas que estavam sob a influência de álcool — e, portanto, o caso foi registrado na Comissão sobre Alcoolismo.

O tom do depoimento do atual chefe, um editor chamado Eriksson, foi mais para esnobe. Matsson era o "especialista em Leste Europeu" da revista (qualquer que fosse a utilidade que uma pessoa com tal função poderia ter para uma revista com o perfil dessa publicação), e o conselho editorial não encontrou uma boa razão para fornecer à polícia qualquer informação adicional sobre as atividades jornalísticas de seu correspondente. Ainda segundo eles, Matsson era muito interessado e bem-informado sobre questões relativas ao Leste Europeu; produzia com frequência projetos próprios e tinha, em diversas ocasiões, demonstrado ter ambição profissional, abrindo mão de feriados e dias de folga sem receber horas extras para conduzir determinadas matérias que o interessavam particularmente.

Alguém que tinha lido antes o material, por sua vez, demonstrara ambição ao sublinhar essa frase em vermelho. Dificilmente teria sido Hammar, que não sujava os relatórios dos outros.

Uma relação detalhada das matérias publicadas por Matsson demonstrava que consistiam, quase exclusivamente, em entrevistas com atletas famosos e reportagens sobre esportes, celebridades do cinema e outras personalidades do mundo do entretenimento.

O dossiê continha vários itens no mesmo estilo. Quando terminou de ler, Kollberg disse:

— Que pessoa singularmente desinteressante.

— Há aqui um detalhe peculiar.

— Você quer dizer o fato de ele ter desaparecido?

— Exato — disse Martin Beck.

Um minuto depois, Beck discou o número do Departamento de Assuntos Estrangeiros, e Kollberg, com enorme surpresa, ouviu quando ele disse:

— Alô, Martin? Ah, oi, Martin. Aqui é Martin.

Martin Beck pareceu escutar por um momento com uma expressão sofrida no rosto. Em seguida, respondeu:

— Sim, vou.

4

O prédio era antigo e não tinha elevador. Matsson era o primeiro nome na lista de inquilinos, no hall de entrada. Quando Martin Beck acabou de subir os cinco lances íngremes de escadas, estava sem fôlego, com o coração descompassado. Esperou um instante antes de tocar a campainha.

A mulher que abriu a porta era pequena e bonita. Usava calças compridas, um blusão de tricô e tinha linhas pronunciadas em torno da boca. Martin Beck calculou que teria uns 30 anos.

— Entre — disse ela, segurando a porta aberta.

Beck reconheceu sua voz pela conversa telefônica que tiveram, uma hora antes.

A antessala do apartamento era grande e não tinha mobília, exceto por um banco sem pintura encostado ao longo de uma das paredes. Um garotinho de 2 ou 3 anos veio da cozinha. Tinha um bolinho comido pela metade na mão e foi direto até Martin Beck, postou-se na frente dele e estendeu-lhe um punho melado.

— Oi — disse, depois deu meia-volta e correu para a sala de estar. A mulher o seguiu e o pegou no colo. Com um murmúrio satisfeito, o garoto havia se sentado na única poltrona confortável da sala. Berrou quando a mãe o carregou para um cômodo vizinho e fechou a porta. Em seguida, ela retornou à sala, sentou-se no sofá e acendeu um cigarro.

— O senhor quer me fazer perguntas sobre Alf. Aconteceu alguma coisa com ele?

Após um momento de hesitação, Martin Beck sentou-se na poltrona.

— Não até onde sabemos. A questão é que, ao que parece, ele não dá notícias há algumas semanas. Nem à revista nem, até onde posso deduzir, a você também. Não sabe onde ele pode estar?

— Não tenho ideia. E o fato de ele não me dar notícias não é tão estranho, afinal. Há umas quatro semanas que não vem aqui, e antes disso não tive notícias dele durante um mês.

Martin Beck olhou em direção ao quarto fechado.

— Mas e o menino? Ele não costuma...

— Desde que nos separamos, Alf não parece particularmente interessado no filho — interrompeu ela com certo azedume.

— Manda dinheiro para nós todo mês. Mas isso é o mínimo, não acha?

— Ele ganha bem na revista?

— Sim. Não sei quanto, mas sempre teve bastante dinheiro. E não era pão-duro. Nunca fiquei sem dinheiro, embora Alf gastasse muito consigo mesmo. Com restaurantes, táxis e por aí vai. Agora tenho um emprego, portanto ganho alguma coisa também.

— Há quanto tempo estão divorciados?

— Não estamos divorciados. Ainda não é oficial. Mas ele se mudou daqui há quase oito meses. Alugou um apartamento. Mas mesmo antes disso, ficava tanto tempo fora de casa que praticamente não fazia diferença.

— Mas imagino que você esteja familiarizada com os hábitos dele, com quem se encontra, aonde costuma ir, essas coisas?

— Não mais. Para ser bem franca, não sei o que está aprontando. Costumava sair basicamente com o pessoal do trabalho. Jornalistas e gente do meio. Frequentavam um restaurante chamado The Tankard. Mas agora não sei. Talvez tenha encontrado algum outro lugar. De qualquer forma, esse restaurante mudou de endereço ou foi demolido, não?

Ela jogou fora o cigarro e foi até a porta do quarto para escutar; depois abriu-a bem devagar e entrou. Um minuto depois, saiu e fechou a porta com o mesmo cuidado.

— Dormiu — disse.

— O garotinho é uma graça — elogiou Martin Beck.

— É, é uma graça, sim.

Após ficarem em silêncio por alguns minutos, a moça disse:

— Mas Alf estava em Budapeste a serviço, não estava? Pelo menos eu soube disso em algum lugar. Não pode ter ficado por lá? Ou ter ido para outro lugar?

— Ele costumava fazer isso? Quando estava fora a serviço?

— Não — disse ela, hesitante. — Não, não fazia isso. Não que ele seja uma pessoa particularmente cuidadosa; na verdade, bebe muito, mas enquanto estivemos juntos, com certeza nunca negligenciou no trabalho. Por exemplo, era terrivelmente detalhista quando se tratava de entregar os textos no prazo. Quando morava aqui, costumava ficar acordado até tarde escrevendo para terminar os textos no prazo. — Olhou então para Martin Beck. Pela primeira vez em toda a conversa, o policial percebeu uma vaga ansiedade em seus olhos. — Isso parece mesmo estranho, não acha? O fato de não ter entrado em contato com a revista. Claro, supondo que alguma coisa tenha, efetivamente, acontecido com ele.

— Tem alguma ideia do que possa ter sido?

A mulher fez um movimento de negativa com a cabeça.

— Não, absolutamente nenhuma.

— Você disse que ele bebe. Bebe muito?

— Sim... bem, algumas vezes, pelo menos. Perto do fim do casamento, quando morava aqui, quase sempre chegava em casa bêbado. Isso quando vinha para casa, o que era raro.

As linhas amargas em torno da boca da mulher tinham voltado a se formar.

— Mas isso não afetava o trabalho dele?

— Não, na verdade não. Bem, pelo menos não muito. Quando começou a trabalhar para essa revista semanal, fazia matérias especiais com frequência. No exterior, essas coisas. Quando ficava entre trabalhos, não tinha muito que fazer e, em geral, ficava com o tempo livre. Não era obrigado a ficar na redação. Era nesse intervalo que bebia. Às vezes frequentava aquele bar por dias e dias.

— Entendo. Pode me dar nomes de algumas pessoas com quem ele costumava andar?

A mulher deu a Martin Beck os nomes de três jornalistas que, para ele, eram desconhecidos. O policial anotou-os no verso de um recibo de táxi que encontrou no bolso interno do paletó. A mulher o observou:

— Sempre pensei que a polícia tinha caderninhos de capa preta em que anotavam tudo. Mas talvez isso só aconteça nos livros e nos filmes.

Martin Beck se levantou.

— Se souber alguma coisa sobre ele, poderia ter a bondade de me ligar? — perguntou ela. — O senhor faria isso?

— Naturalmente — garantiu Martin Beck.

Na saída, ele perguntou:

— Onde mesmo você disse que ele estava morando agora?

— Na Fleminggatan número 34. Mas eu não disse.

— Você teria uma chave do apartamento?

— Ah, não. Nunca estive lá.

Na porta havia um pedaço de cartolina com o nome MATSSON escrito a nanquim, em letras de forma. A fechadura era das mais comuns e não opôs dificuldades a Martin Beck. Consciente de que estava abusando de sua autoridade, entrou no apartamento. No tapete em frente à porta, encontrou algumas correspondências: um pouco de propaganda, um cartão-postal de Madri assinado por alguém chamado Bibban, uma revista de carros esportivos em inglês e uma conta de luz no valor de 28,45 coroas.

O apartamento consistia em dois cômodos grandes, uma cozinha, um vestíbulo e um banheiro. Não havia lavabo, mas dois grandes guarda-roupas. O ar estava pesado e cheirava a mofo.

No cômodo maior, que dava para a rua, havia uma cama, uma mesinha de cabeceira, estantes com livros, uma pequena mesa circular com tampo de vidro, uma escrivaninha e duas cadeiras. Na mesinha de cabeceira havia um toca-discos e, na prateleira embaixo, uma pilha de discos LP.

Martin Beck leu, em inglês, na capa que estava em cima da pilha: *Blue Monk*. Não significava nada para ele. Na escrivaninha havia uma resma de papel para datilografia; um jornal diário com data de 20 de julho; um recibo de táxi de 6,50 coroas com data do dia 18; um dicionário de alemão; uma lupa e uma folha mimeografada com informações sobre um clube. Havia também um telefone, listas telefônicas e um cinzeiro. As gavetas continham revistas antigas, fotos, recibos, algumas cartas e cartões-postais e cópias a carbono.

No quarto dos fundos não havia mobília nenhuma, com exceção de um divã estreito coberto com uma manta desbotada, uma cadeira e um banco que servia de mesinha de cabeceira. Não havia cortinas.

Martin Beck abriu as portas dos dois guarda-roupas. Um deles continha um saco de lavanderia quase vazio e, nas prateleiras, camisas, suéteres e roupas íntimas, algumas com as tiras de papel da lavanderia ainda intactas. No outro estavam pendurados dois paletós de tweed, um conjunto de flanela marrom-escuro, três pares de calças e um casaco pesado. Três cabides estavam vazios. No chão havia um par de sapatos de cor marrom, com sola de borracha; um par de sapatos pretos; um par de botas e um par de galochas. Havia uma grande mala no compartimento superior do primeiro guarda-roupa; o do outro estava vazio.

Martin Beck foi até a cozinha. Não havia pratos sujos na pia, mas no escorredor havia dois copos e uma caneca grande. A despensa estava vazia, exceto por algumas garrafas de vinho vazias e duas latas. Martin Beck pensou em sua própria despensa, que ele tinha esvaziado completamente sem a menor necessidade.

Circulou pelo apartamento mais uma vez. A cama estava feita, os cinzeiros, vazios. E não havia passaporte, dinheiro, talões de cheque ou qualquer coisa de valor nas gavetas da escrivaninha. Não havia nada que indicasse que Alf Matsson tinha estado ali desde que viajara para Budapeste, há duas semanas.

Martin Beck saiu do apartamento e ficou, por alguns instantes, próximo ao ponto de táxi deserto na própria Fleminggatan, mais adiante; como de costume, não havia táxis disponíveis na hora do almoço, e ele resolveu pegar o bonde.

Passava de uma da tarde quando entrou no salão de refeições do Tankard. Todas as mesas estavam ocupadas, e as garçonetes, muito atrapalhadas, não deram por sua presença. Não havia um maître à vista. Dirigiu-se então ao bar, do outro lado do hall de entrada. Naquele momento um homem gordo, com jaqueta de veludo, juntou seus papéis e se levantou de uma mesa redonda no canto, perto da porta. Martin Beck ocupou seu lugar. Ali também as mesas estavam cheias, mas alguns fregueses apenas aguardavam para pagar a conta.

Pediu um sanduíche e uma cerveja ao maître e perguntou se algum dos três jornalistas mencionados pela ex-mulher de Alf Matsson se encontrava ali.

— O Sr. Molin está sentado ali, mas ainda não vi os outros dois hoje. É provável que cheguem mais tarde.

Martin Beck seguiu o olhar do maître em direção a uma mesa onde cinco homens conversavam, com grandes canecas de cerveja à sua frente.

— Qual deles é o Sr. Molin?

— O cavalheiro de barba — respondeu o maître e se afastou.

Confuso, Beck olhou para os cinco homens. Três deles usavam barba.

A garçonete chegou com seu pedido e lhe deu uma nova chance de perguntar:

— Por acaso a senhorita sabe qual daqueles cavalheiros é o Sr. Molin?

— Claro, o de barba.

Mas a moça percebeu seu olhar meio desesperado e acrescentou:

— O que está mais perto da janela.

Martin Beck comeu o sanduíche bem devagar. O homem chamado Molin pediu mais uma caneca de cerveja. O inspetor esperou. O local começou a se esvaziar. Após algum tempo, Molin esvaziou sua caneca e recebeu outra. Martin Beck terminou o sanduíche, pediu café e esperou.

Finalmente o homem de barba levantou de seu lugar junto à janela e se encaminhou para a saída. Justo quando ele estava passando, Martin Beck o chamou:

— Sr. Molin?

O homem parou.

— Só um instante — disse e prosseguiu rumo à saída. Pouco depois voltou, respirando com dificuldade em cima de Martin Beck, e perguntou: — Nós nos conhecemos?

— Não, ainda não, mas quem sabe o senhor não gostaria de se sentar um momento e tomar uma cerveja comigo? Preciso fazer umas perguntas.

O próprio Beck, ao ouvir o que disse, percebeu que a abordagem não soou muito bem. Cheirava a assunto de polícia a uma milha de distância. Mas funcionou, de qualquer forma. Molin sentou-se. Tinha um cabelo bonito, ainda que um tanto ralo, penteado para a frente, sobre a testa. A barba era ruiva e bem-feita. Aparentava ter uns 35 anos e era bem roliço. Acenou para uma garçonete.

— Ei, Stina, me traga um *redondo*, está bem?

A garçonete assentiu e olhou para Martin Beck.

— O mesmo para mim — disse ele.

Um *redondo* vinha a ser uma caneca em forma de bulbo consideravelmente maior do que o modelo cilíndrico que Beck pedira com seu sanduíche, que, por sinal, já era bem grande.

Molin tomou um grande gole e limpou o bigode com o lenço.

— Afinal, o senhor queria falar comigo sobre o quê? Sobre ressaca?

— Sobre Alf Matsson — disse Martin Beck. — Vocês são bons amigos, não são? — Aquilo ainda não soava bem para Martin Beck e ele tentou melhorar: — São colegas, não?

— Claro que sim. O que há com ele? Por acaso ele deve dinheiro ao senhor? — Molin olhou para Martin Beck com desconfiança e arrogância. — Bem, quero logo deixar bem claro que eu não sou nenhum tipo de fiador.

Era visível que Beck deveria ter cuidado com o que falaria. Ademais, o homem era jornalista.

— Não, não é nada disso — disse ele.

— Então o que você quer com Alfie?

— Alfie e eu nos conhecemos há muito tempo. Trabalhamos no mesmo... bem, fizemos uma matéria juntos há alguns anos. Encontrei-o totalmente por acaso há algumas semanas e ele prometeu fazer um trabalho para mim, mas desde então nunca mais fez contato comigo. Ele falava muito no senhor, daí eu pensei que talvez soubesse onde ele está.

Meio exausto por esse esforço extenuante de oratória, Martin Beck tomou um generoso gole de sua cerveja. O outro homem fez o mesmo.

— Puxa vida! Então você é um velho amigo do Alfie? O fato é que eu mesmo ando querendo saber por onde ele anda. Mas suponho que deva ter ficado na Hungria. De qualquer forma, não está na cidade. Do contrário nós o veríamos por aqui.

— Na Hungria? O que foi fazer lá?

— Ah, uma viagem a serviço daquele folhetim de fofocas onde ele trabalha. Mas já deveria ter voltado, a essa altura. Quando viajou, disse que só ficaria fora uns dois ou três dias.

— Você o viu antes da viagem?

— Sim, vi. Na noite anterior. Estivemos aqui de dia e depois fomos a alguns lugares à noite.

— Você e ele?

— Sim, e alguns dos outros também. Não lembro direito quem. Per Kronkvist e Stig Lund estavam lá, eu acho. Ficamos muito doidos. Sim, Åke e Pia também estavam com a gente. A propósito, você conhece o Åke?

Martin Beck pensou rápido. Não parecia ser tão importante.

— Åke? Não sei. Qual Åke?

— Åke Gunnarsson — disse Molin, virando-se na direção da mesa onde estava sentado antes. Dois dos homens tinham saído enquanto Molin e Beck conversavam. Os outros dois que ficaram estavam em silêncio, tomando suas cervejas. — Está sentado ali. O cara de barba.

Um dos barbudos tinha saído, então não havia dúvida sobre qual deles era Gunnarsson. O homem lhe pareceu bastante agradável.

— Não — disse Martin Beck. — Acho que não o conheço. Trabalha onde?

Molin disse o nome de uma publicação da qual Martin Beck nunca tinha ouvido falar, mas pelo nome lhe pareceu ser alguma revista sobre automóveis.

— Åke é legal. Ficou muito bêbado naquela noite também, se bem me lembro. De modo geral, não se embebeda com muita frequência, independente da quantidade de álcool que entorna.

— E você não vê Alfie desde esse dia?

— Nossa, mas você pergunta muito! Não vai me perguntar como estou também?

— Mas é claro! Como você está?

— Completamente ferrado e horrível. Ressaca. E das piores, diga-se de passagem.

O rosto de Molin se anuviou. Como para apagar os últimos traços dos prazeres da vida, bebeu o restante de sua cerveja de um só gole, aliás, enorme. Sacou o lenço e, com olhar pensativo, limpou o bigode cheio de espuma.

— Deviam servir a cerveja em copos especiais para quem tem bigode — disse ele. — Não temos muito apoio hoje em dia. — Após uma breve pausa, continuou: — Não, não vejo Alfie desde que partiu. A última vez que o vi foi quando despejou sua bebida em cima de uma garota no bar da Ópera. Na manhã seguinte foi para Budapeste. Pobre-diabo, ter que pegar um voo e cruzar a Europa inteira com uma ressaca daquelas! De qualquer forma, espero que não tenha ido pela Scandinavian Airlines.

— E ele não deu notícias desde então?

— Não costumamos nos falar quando estamos em viagem ao exterior — respondeu Molin com arrogância. — Mas afinal, para que diabo de pasquim você trabalha? O que acha de mais um *redondo*?

Meia hora e dois *redondos* depois, Martin Beck deu um jeito de se livrar do Sr. Molin, depois de lhe emprestar dez coroas. Quando saiu, ainda ouviu a voz do homem atrás de si:

— Fia, minha velha, me traz aí mais um *redondo*, por favor?

5

O avião era um Ilyushin 18 a turbopropulsão da ČSA. Voou num arco altíssimo sobre Copenhague, Saltholm e sobre o estreito de Öresund, que brilhava ao sol.

Martin Beck estava sentado junto à janela e observava a Ilha de Ven lá embaixo, com a reserva de Backafallen, a igreja e o pequeno porto. Teve tempo apenas de ver um rebocador circundando a baía antes de o avião tomar a direção sul.

Gostava de viajar, mas dessa vez a decepção pelas férias perdidas anuviava grande parte de seu prazer. Além do mais, sua mulher não parecera entender nem um pouco que a vontade dele, nesse caso, praticamente não contava. Tinha telefonado na noite anterior para tentar explicar, mas não teve grande sucesso.

— Você não dá a mínima para mim ou para as crianças — dissera ela. E no minuto seguinte: — Deve haver *outros* policiais além de você. Por que tem que aceitar *todas* as missões?

Bem que ele tentou convencê-la de que teria preferido ficar na ilha, mas ela não fora nada razoável. Deu, inclusive, várias provas de que sua lógica era no mínimo equivocada.

— Quer dizer então que você vai se divertir em Budapeste enquanto eu e as crianças estamos aqui sozinhos, presos nesta ilha?

— Não estou indo a passeio!

— Ahã.

No fim, desligou no meio de uma frase. Martin Beck sabia que ela acabaria se acalmando, mas nem tentou telefonar de novo.

Agora, a 16 mil pés de altura, inclinou a poltrona para trás, acendeu um cigarro e deixou as lembranças da ilha e da família mergulharem nas profundezas de sua mente.

Durante a escala no aeroporto de Schönefeld, em Berlim Oriental, tinha tomado uma cerveja na sala de espera. Observou que a cerveja se chamava Radeberger. Era excelente, mas naquele momento não imaginou que teria motivos para se lembrar daquele nome. O garçom tentou distraí-lo, num alemão com sotaque berlinense. O inspetor não entendeu muita coisa e se perguntou, sombriamente, como ia se virar em alemão no futuro próximo.

Na entrada havia uma cesta com alguns folhetos em alemão e ele pegou um, aleatoriamente, para ter algo que ler enquanto esperava. Depois da difícil conversa com o garçom, tinha ficado bem claro que teria que praticar seu alemão.

O folheto tinha sido publicado pelo Sindicato dos Jornalistas da Alemanha e falava da preocupação com o Springer, um dos mais poderosos grupos editoriais da Alemanha Oriental, detentor de vários jornais e revistas, e também de seu presidente, Axel Springer. Dava exemplos da política ameaçadora e fascista da empresa e citava vários de seus colaboradores mais destacados.

Quando chamaram seu voo, Martin Beck notou que tinha lido quase todo o panfleto sem dificuldade. Guardou-o no bolso e embarcou.

Depois de uma hora no ar, o avião aterrissou novamente, desta vez em Praga, cidade que ele sempre desejou conhecer. Teve de se contentar com uma breve visão aérea de suas muitas torres, pontes e do rio Moldava, pois a escala era rápida demais e ele não teve tempo de sair do aeroporto para ir à cidade.

Seu xará ruivo no Departamento de Assuntos Estrangeiros havia se desculpado pelas conexões entre Estocolmo e Budapeste, que não eram as melhores do mundo, mas Martin Beck não tinha objeção quanto aos atrasos, ainda que não tivesse conhecido nada em Berlim e Praga além de salas de espera.

Ele nunca tinha estado em Budapeste e, quando o avião decolou de novo, leu por alto alguns folhetos que recebera do secretário do homem ruivo. Num deles, dedicado à geografia da Hungria, leu que Budapeste tinha 2 milhões de habitantes — e desejou saber como iria encontrar Alf Matsson, caso o homem tivesse decidido desaparecer naquela metrópole.

Repassou mentalmente tudo o que sabia sobre Alf Matsson. Não era muito, mas se perguntava se haveria, afinal, muito mais a ser descoberto. Pensou no comentário de Kollberg: uma pessoa "singularmente desinteressante". Por que um homem como Alf Matsson iria querer desaparecer? Quer dizer, se é que desaparecera por livre e espontânea vontade... Por causa de alguma mulher? Não parecia crível que ele sacrificasse um trabalho muito bem-remunerado — e do qual, além do mais, parecia gostar muito — por um motivo desses. Ainda era casado, é claro, mas perfeitamente livre para fazer o quisesse. Tinha casa, trabalho, dinheiro e amigos. Era difícil pensar numa razão plausível para que largasse tudo por livre e espontânea vontade.

Martin Beck pegou então a cópia do arquivo pessoal do Departamento de Segurança. Alf Matsson tinha se tornado objeto de interesse da polícia simplesmente por causa de suas muitas e frequentes viagens a lugares no Leste Europeu. "Atrás da Cortina de Ferro", como dissera o homem ruivo. Bem, ele era repórter — e se preferia aceitar missões no Leste Europeu, esse fato em si não era tão estranho assim. E se tinha algo pesando em sua consciência agora, por que desapareceria? O Departamento de Segurança condenou o caso ao esquecimento após uma investigação de rotina. "Um novo Caso Wallenberg", dissera o homem do Escritório de Assuntos Estrangeiros, aludindo ao famoso caso de um sueco bastante conhecido que foi visto pela última vez em Budapeste, em 1945: "Tirado de circulação pelos comunistas." *Você anda vendo muitos filmes de James Bond*, teria dito Kollberg se estivesse lá.

Martin Beck dobrou a cópia e guardou-a na pasta. Olhou pela janela; estava completamente escuro agora, mas havia estrelas no céu. Bem ao longe pôde divisar minúsculos pontos iluminados vindos das vilas e povoados. E também verdadeiros colares de pérolas reluzentes nos lugares em que a iluminação pública estava acesa.

Talvez Matsson tivesse começado a beber, abandonando a revista e tudo o mais. Ao ficar sóbrio novamente, estaria sem dinheiro e cheio de remorso, e teria de aparecer. Mas essa hipótese também não lhe parecia provável. É verdade que bebia ocasionalmente, mas não a esse ponto; sem contar o fato de que, em condições normais, jamais negligenciara o trabalho.

Talvez tivesse cometido suicídio, sofrido um acidente, caído no Danúbio e se afogado — ou então fora assaltado e assassinado. Seria isso mais provável? Muito pelo contrário. Martin Beck lera em algum lugar que, de todas as capitais do mundo, Budapeste era a que tinha a menor taxa de criminalidade.

Talvez estivesse no salão de refeições do hotel nesse momento, jantando, e então Martin Beck poderia pegar o avião de volta no dia seguinte e retomar suas férias de onde tinha parado.

Os sinais luminosos se acenderam. Proibido fumar. Por favor, apertem os cintos. E os comissários repetiram todas as informações em russo.

Depois que o avião terminou de taxiar, Martin Beck pegou sua mala e percorreu a pé a curtíssima distância até o prédio do aeroporto. O ar estava suave e quente, embora já fosse tarde da noite.

Teve que esperar um tempo considerável para pegar sua única mala, mas as formalidades do controle de passaportes e da alfândega foram prontamente cumpridas. Passou por uma área enorme, cheia de lojas, e depois seguiu para as escadas que davam para a saída.

O aeroporto parecia ser bem longe da cidade; Martin Beck não viu outras luzes em volta, além das que ficavam dentro da área do próprio aeroporto. Enquanto esperava, duas senhoras idosas entraram no único táxi que estava na entrada, em frente aos degraus.

Algum tempo se passou até aparecer outro táxi. Enquanto passava pelos subúrbios e pelas sombrias áreas industriais, Martin Beck se deu conta de que estava com fome. Não sabia nada sobre o hotel onde iria se hospedar, além do nome e do fato de que Alf Matsson esteve hospedado naquele local até desaparecer, mas tinha esperança de conseguir comer alguma coisa por lá mesmo.

O táxi passou por ruas largas e praças amplas, numa área que parecia ser o centro da cidade. Não havia muita gente nas ruas, que, em sua maioria, estavam vazias e eram um tanto escuras. Durante algum tempo seguiram por uma avenida larga, cheia de vitrines bem-iluminadas, antes de prosseguir por vias laterais mais estreitas e obscuras. Martin Beck não tinha a mais absoluta ideia de onde estava na cidade, mas ficou todo o tempo de olho no rio.

O táxi parou diante da entrada iluminada do hotel. Martin Beck inclinou-se e conferiu o valor no taxímetro antes de pagar ao motorista. Pareceu-lhe muito caro, mais de 100 florins. Tinha esquecido quanto valia um florim convertido para a moeda de seu país, mas percebeu que não devia ser muito.

Um homem idoso, de bigode grisalho, uniforme verde e um quepe, abriu a porta do táxi e pegou sua bagagem. Martin Beck cruzou a porta giratória atrás dele. O hall de entrada era grande e muito imponente; o balcão da recepção ficava enviesado, em frente ao canto esquerdo do hall. O recepcionista do turno da noite falava inglês. O inspetor lhe estendeu o passaporte e perguntou se podia jantar. O recepcionista indicou uma porta de vidro bem mais adiante, no hall, e explicou que o salão de jantar ficava aberto até a meia-noite. Depois deu a chave ao ascensorista que estava à espera. O homem pegou a bagagem de Martin Beck e o precedeu dentro do elevador, que subiu rangendo até o primeiro andar. O ascensorista parecia ser pelo menos tão velho quanto o elevador, e Martin Beck tentou, em vão, livrá-lo da bagagem. Seguiram por um longo corredor, dobraram duas vezes à esquerda e então o idoso destrancou as enormes portas duplas e colocou a bagagem lá dentro.

O quarto tinha mais de três metros e meio de pé-direito e era muito grande. A mobília em mogno era escura e enorme. Martin Beck abriu a porta do banheiro. A banheira era espaçosa, com torneiras grandes e antigas. Havia um chuveiro também.

As janelas altas tinham venezianas do lado de dentro; em frente ao nicho da janela havia cortinas pesadas, de renda branca. Abriu as venezianas de um lado e olhou para fora. Bem embaixo havia um poste de iluminação a gás, que emitia uma luz amarelo-esverdeada. Dava para ver mais luzes ao longe, mas levou um bom tempo até Martin Beck se dar conta de que o rio fluía entre ele e aqueles pontos luminosos.

Abriu a janela e debruçou-se para fora. Embaixo, uma balaustrada de pedra e grandes vasos de flores circundavam várias mesas e cadeiras. A luz passava por elas, e Beck ouviu uma pequena orquestra, que tocava uma valsa de Strauss. Entre o hotel e o rio havia uma avenida com árvores e postes de iluminação a gás, uma linha de bonde e uma grande praça, com bancos e mais vasos de flores. Duas pontes, uma à direita e outra à esquerda, se estendiam sobre o rio.

Deixou a janela aberta e desceu para comer. Ao cruzar as portas de vidro no fim do hall, viu-se um saguão mobiliado com poltronas confortáveis, mesas baixas e espelhos numa das paredes. Dois degraus levavam ao salão de jantar, no fundo do qual ficava a pequena orquestra que ouvira de seu quarto.

O salão era colossal, com dois imensos pilares de mogno e um mezanino que se estendia ao longo de três paredes até o teto. Três garçons, com paletós vermelho-escuros de lapelas pretas, estavam de pé junto à porta. Curvaram-se e cumprimentaram-no em coro, enquanto um quarto garçom se aproximava rapidamente e o encaminhava a uma mesa perto da janela e da orquestra.

Martin Beck ficou olhando o cardápio muito tempo até encontrar a coluna escrita em alemão, que começou a ler. Após algum tempo, o garçom, um homem grisalho com a fisionomia de um boxer amigável, inclinou-se em sua direção e disse:

— Muito boa a sopa de peixe, senhor.

E Martin Beck decidiu-se, na hora, pela sopa de peixe.

— *Barack?* — perguntou o garçom.

— O que é isso? — retrucou ele, primeiro em alemão e depois em inglês.

— Muito bom *aperitif* — respondeu o garçom.

Martin Beck tomou o aperitivo chamado *barack. Barack palinka*, explicou o garçom, era o equivalente húngaro de um conhaque de damasco.

Tomou a sopa de peixe, que era vermelha, bastante temperada com páprica e de fato muito boa. Pediu também filé de vitela com batatas ao molho forte de páprica e bebeu cerveja tcheca. Quando terminou o café, que estava bem forte, e tomou um *barack* extra, sentiu muito sono e foi direto para o quarto.

Fechou a janela, as venezianas e pulou na cama, que rangeu. Rangeu de um jeito convidativo, pensou ele, e adormeceu.

6

Martin Beck foi acordado por um apito rouco, longo e profundo. Enquanto tentava se orientar, piscando os olhos no ambiente à meia-luz, o apito se repetiu duas vezes. Virou de lado e pegou o relógio de pulso na mesinha de cabeceira. Já eram dez para as nove. A grande cama rangeu com toda cerimônia. Talvez, pensou Beck, tenha rangido com a mesma majestade sob o marechal Conrad von Hötzendorf. A luz do dia entrava pelas venezianas. O quarto já estava bem quente.

Levantou-se, foi até o banheiro e tossiu por algum tempo, como sempre fazia pela manhã. Depois de tomar um gole de água mineral, vestiu o roupão, abriu as venezianas e a janela. O contraste entre a luz sombria dentro do quarto e o sol claro e forte lá fora era quase esmagador. Assim como a vista.

O Danúbio passava por ele em seu curso calmo, sempre igual, do norte para o sul. Não era particularmente azul, mas largo, majestoso e indubitavelmente muito belo. Do outro lado do rio erguiam-se duas montanhas de curvas suaves, encimadas por um monumento e por uma fortaleza cercada de muros. Casas se penduravam, hesitantes, ao longo das encostas, porém mais adiante havia outras colinas apinhadas de vilas. Era o famoso lado Buda, e quem estava ali encontrava-se muito perto do coração da cultura centro-europeia. Martin Beck percorria com o olhar a vista panorâmica enquanto ouvia distraidamente o bater das asas da história. Ali os romanos tinham fundado sua poderosa colônia Aquincum; daquele ponto, a artilharia dos Habsburgo tinha reduzido Peste a ruínas durante a Guerra da Libertação de 1849; e ali os fascistas, comandados por

Ferenc Szálasi, e as tropas da SS sob a liderança do general Karl Pfeffer-Wildenbruch permaneceram durante um mês inteiro, na primavera de 1945, movidos por um heroísmo sem sentido que convidava à aniquilação total (os velhos fascistas que Martin Beck conhecera na Suécia ainda falavam disso com orgulho).

Logo abaixo havia um barco a vapor branco ancorado no cais; a bandeira vermelha, branca e azul da Tchecoslováquia tremulava hesitante no calor, e os turistas tomavam banho de sol em espreguiçadeiras no convés. Martin Beck tinha sido acordado por um rebocador com rodas de pás, de bandeira iugoslava, que lutava bravamente para subir o rio. Era grande e velho, com duas velas altas que tremulavam assimetricamente, e puxava seis barcaças completamente carregadas. Na última, havia um varal estendido entre a casa de máquinas e o guindaste de carga, entre as escotilhas. Uma jovem de lenço na cabeça e uniforme azul de trabalho tirava tranquilamente as roupas lavadas de uma cesta e pendurava roupas de bebê com cuidado no varal, sem se comover com a beleza da enseada.

À esquerda, formando um arco sobre o rio, havia uma ponte comprida, graciosa e estreita. Parecia levar diretamente à montanha e ao seu monumento: uma mulher magra e alta em bronze, com uma folha de palmeira acima da cabeça. Ao longo da ponte apinhavam-se carros, ônibus, bondes e pedestres. À direita, ao norte, via-se que o rebocador atingira a ponte seguinte. Mais uma vez soltou três apitos roucos para anunciar o número de barcaças que puxava, baixou as velas ao comprido e deslizou sob o arco baixo da ponte. Bem em frente à janela, um pequeno barco a vapor oscilava em direção à praia; deslizou de um lado a outro por uns 50 metros, ao sabor da corrente, e completou a manobra com perspicácia. Posicionou-se num flutuante sem um milímetro sequer além do necessário. Um número ridículo de pessoas desembarcou, e um número igualmente ridículo de passageiros embarcou.

O tempo estava seco e quente, com o sol a pino. Martin Beck debruçou-se no parapeito da janela e deixou seu olhar percorrer a área de norte a sul enquanto refletia sobre alguns fatos que tinham chamado sua atenção nos folhetos que lera no avião.

Budapeste é a capital da República Popular da Hungria. Acredita-se que tenha sido fundada em 1873, quando as três cidades de Buda, Peste e Obuda foram unificadas; porém escavações revelaram povoamentos bem mais antigos, de vários milhares de anos. Aquincum, a capital da província romana da Baixa Panônia, situava-se naquela área. Hoje a cidade tem quase 2 milhões de habitantes e está dividida em 23 distritos.

De fato, era mesmo uma cidade muito grande. Lembrou-se da reflexão quase clássica do lendário Gustaf Lidberg, ao aterrissar em Nova York, em busca do falsário Skog: "Neste formigueiro está o Sr. 'Quem', endereço 'Onde?'"

Bem, Nova York certamente era maior do que isso, mesmo naquela época, mas por outro lado o inspetor Lidberg tinha todo o tempo do mundo ao seu dispor. Martin Beck, ao contrário, só dispunha de uma semana.

O detetive deixou a história e o movimento no rio entregues, cada um, à própria sorte e entrou no chuveiro. Decidiu usar sandálias e sua calça de Dacron cinza-claro, com a camisa para fora. Enquanto observava, com olhar crítico, sua indumentária pouco convencional no espelho do enorme guarda-roupa, as portas de mogno de repente se abriram sozinhas, lenta e fatidicamente, com um rangido enervante, como nos antigos filmes de suspense. Ainda não tinha controlado totalmente sua pulsação quando o telefone começou a chamar, com toques curtos e urgentes.

— Um cavalheiro deseja vê-lo. Está à sua espera no saguão. Um cavalheiro sueco.

— Seria por acaso o Sr. Matsson?

— Sim, com certeza — disse alegremente a recepcionista.

Claro que é, pensou Martin Beck enquanto descia as escadas. Nesse caso sua estranha missão teria um final completamente honroso.

Bem, não era Alf Matsson, mas um jovem rapaz da embaixada, vestido de maneira extremamente correta: terno escuro, sapatos pretos, camisa branca e uma gravata de seda cinza-claro. Os olhos do homem perscrutaram Martin Beck com um lampejo de admiração, mas foi apenas um lampejo.

— Imagino que o senhor entenda que estamos cientes da natureza de sua missão. Talvez devamos discutir o assunto — disse o jovem.

Sentaram-se, então, para discutir o assunto.

— Há hotéis melhores do que este — prosseguiu o enviado da embaixada.

— É mesmo?

— Sim. Mais modernos. Excelentes. Com piscina.

— Ah, sim.

— A boate aqui também não é grande coisa.

— Ah, sim.

— Com relação a esse Alf Matsson...

O homem baixou o tom de voz e olhou à sua volta no saguão, que estava vazio. A única exceção era um africano que dormia num canto mais afastado.

— Sim. Alguma notícia dele? — perguntou Martin Beck.

— Não. Absolutamente nenhuma. A única coisa que sabemos com certeza é que deu entrada em Ferihegyi, que é o aeroporto daqui, na noite do dia 23. Passou a noite numa espécie de albergue chamado Ifjuság, que fica em Buda. Na manhã seguinte mudou-se para este hotel. Meia hora depois, mais ou menos, saiu e levou a chave do quarto. Desde então, ninguém mais o viu.

— E a polícia, o que diz?
— Nada.
— Nada?
— Os policiais com quem falei não me pareceram interessados. Falando oficialmente, essa atitude é defensiva. Matsson possuía um visto válido e estava registrado como hóspede desse hotel. A polícia não tem motivo para se preocupar com ele até que deixe o país, desde que não permaneça além do período de estada autorizado.
— Ele não poderia ter deixado o país?
— Isso é praticamente impensável. E mesmo que tivesse sucesso ao cruzar a fronteira ilegalmente, para onde iria? Sem passaporte! De qualquer modo, fizemos algumas sondagens nas embaixadas em Praga, Belgrado, Bucareste e Viena. Até em Moscou, por questão de segurança. Ninguém sabe coisa alguma.
— O empregador, aparentemente, achava que ele tinha duas coisas a fazer aqui: uma entrevista com Laszlo Papp, o lutador, e uma matéria no Museu Judaico.
— Não esteve em nenhum dos dois lugares. Fizemos uma pequena investigação. Tinha escrito uma carta da Suécia para o curador do museu, certo Dr. Sos, mas não o procurou. Falamos também com a mãe de Papp, que nunca ouviu falar no nome de Matsson. E Papp nem sequer está na cidade.
— A bagagem dele ainda está no quarto do hotel?
— Seus pertences estão no hotel, mas não no quarto, que estava reservado apenas por três noites. A administração do hotel reteve a bagagem a nosso pedido e guardou tudo no escritório. Fica aqui, bem atrás da recepção. Na verdade, ele nem mesmo abriu as malas. Nós pagamos a conta.

O homem ficou em silêncio por alguns instantes, como se estivesse refletindo sobre alguma coisa. Depois disse, solenemente:

— Decerto vamos solicitar o ressarcimento dessa despesa ao empregador — completou.

— Ou ao espólio — disse Martin Beck.

— Sim, se as coisas chegarem a esse ponto.

— Onde está o passaporte dele?

— Está aqui comigo — respondeu o homem da embaixada.

Abriu uma maleta fina, retirou o passaporte e estendeu-o a Martin Beck, ao mesmo tempo em que pegava a caneta-tinteiro num bolso interno.

— Aqui está. Pode assinar como recebido, por favor?

Martin Beck assinou. O homem guardou a caneta e o recibo.

— Muito bem, alguma coisa mais? Sim, é claro, a conta do hotel. Não precisa se preocupar; fomos instruídos a arcar com suas despesas. Pouco ortodoxo, eu acho. Naturalmente o senhor teve despesas desde que chegou, como é comum. Bem, se precisar de algum dinheiro em espécie, pode pegá-lo na embaixada.

— Obrigado.

— Então acho que não há mais nada a tratar, não? Está autorizado a examinar os pertences de Matsson sempre que desejar. Eu deixei o pessoal do hotel de sobreaviso. — O homem se levantou. — Na verdade, o senhor está ocupando o mesmo quarto de Matsson — disse de passagem. — É o 105, não é? Se não tivéssemos insistido para que o quarto permanecesse em nome de Matsson, provavelmente o senhor teria que ficar em algum outro hotel. Estamos no auge da alta temporada.

Antes de se despedirem, Martin Beck disse:

— Pessoalmente, o que você acha disso? Para onde ele foi?

O homem da embaixada olhou-o de modo inexpressivo.

— Prefiro guardar minha opinião para mim mesmo, se é que acho alguma coisa. — Um momento depois, acrescentou: — Tudo isso é muito desagradável.

Martin Beck subiu para o quarto, que já tinha sido limpo. Olhou em volta. Então Alf Matsson tinha ficado aqui, não é mesmo? Por uma hora, no máximo. Esperar que suas atividades naquele breve período de tempo tivessem deixado alguma pista seria pedir muito.

O que Alf Matsson teria feito durante aquela hora? Será que teria ficado assim, à janela, observando os barcos? Talvez. Porventura teria visto alguém ou alguma coisa que o fez deixar o hotel tão depressa a ponto de se esquecer de entregar a chave? É possível. E o que teria sido? Impossível dizer. Se tivesse sido atropelado na rua, já haveria um registro do caso. Se estivesse planejando pular no rio, teria de esperar até escurecer. Se tivesse tentado curar sua ressaca com conhaque de damasco e emendado em outra bebedeira, então teria tido 16 dias para ficar sóbrio — o que seria um tanto demais.

De qualquer forma, Matsson não tinha o hábito de beber quando estava a serviço. Era um jornalista do tipo moderno, dizia em algum lugar o relatório da Terceira Divisão: rápido, eficiente e direto. Era do tipo que fazia o trabalho primeiro e relaxava depois.

Desagradável. Muito desagradável. Estranhamente desagradável. Extremamente desagradável. Horrivelmente desagradável. Quase doloroso, de tão desagradável.

Martin Beck estirou-se na cama, que rangeu magnificamente. Foram-se as lembranças do barão Conrad Von Hötzendorf. Será que a cama rangera debaixo de Alf Matsson? É bem provável que sim. Será que havia alguém que não testava a cama logo que entrava num quarto de hotel? Então Alf Matsson tinha deitado ali e olhado para o teto, muitos metros acima dele. Depois, sem desfazer a mala e sem entregar a chave na recepção, saíra... e desaparecera. Será que o telefone tinha tocado, trazendo alguma notícia alarmante?

Martin Beck abriu o mapa de Budapeste e estudou-o detidamente. Depois foi tomado pela urgência de fazer alguma coisa prática. Levantou-se, pôs o mapa e o passaporte no bolso da calça e desceu para inspecionar a bagagem.

O funcionário da portaria era um homem um tanto corpulento, idoso, amigável, cheio de dignidade e de uma clareza admirável.

Não, ninguém tinha telefonado para o Sr. Matsson enquanto ainda estava no hotel. Mais tarde, quando o Sr. Matsson já tinha saído, houve várias ligações, que se repetiram nos dias seguintes. Os telefonemas haviam sido da mesma pessoa? Não, de várias pessoas diferentes; o operador da mesa telefônica tinha certeza disso. Homens? Tanto homens quanto mulheres; pelo menos uma mulher tinha ligado. As pessoas que telefonaram deixaram alguma mensagem ou algum número de telefone? Não, não deixaram mensagens. Nem os números de telefone. Mais tarde houve chamadas de Estocolmo e da Embaixada da Suécia. Nesses casos, deixaram mensagens e telefones, que ainda estão aqui. O Sr. Beck gostaria de vê-los? Não, o Sr. Beck não gostaria de vê-los.

De fato, a bagagem estava disponível numa sala atrás da recepção do hotel e foi facilmente inspecionada. Uma máquina de escrever de modelo comum, e uma mala de couro de porco, de cor castanho-amarelada, com uma tira presa em volta. Um cartão de telefone estava preso à etiqueta de couro fixada na alça da mala. Alf Matsson, repórter, Fleminggatan, 34, Estocolmo. A chave estava no cadeado.

Martin Beck tirou a máquina de escrever e estudou-a durante um longo tempo. Após concluir que se tratava de uma máquina portátil da marca Erika, partiu para a inspeção do restante da bagagem.

A mala parecia ter sido arrumada com grande organização e cuidado, mas ainda assim Beck tinha a sensação de que alguém com muita prática havia vasculhado tudo e recolocado cada peça em seu lugar. O conteúdo se resumia a uma camisa xadrez, uma camisa social marrom, uma camisa branca de popeline com a etiqueta da lavanderia ainda em volta, um par de calças azul-claras recentemente passadas, uma espécie de cardigã azul, três lenços, quatro pares de meias, dois shorts coloridos, uma camisa de baixo de material semelhante ao de meia arrastão e um par de sapatos de pelica marrom-claro. Todas as roupas e sapatos estavam limpos. Havia ainda um conjunto de barbear, uma resma de papel, uma borracha para máquina de escrever, um barbeador elétrico, um romance e uma capinha para documentos de plástico azul-escuro, do tipo que as agências de viagem costumam oferecer e na qual, em geral, as passagens não cabem. No conjunto de barbear havia loção pós-barba, talco, um sabonete em barra ainda na embalagem, um tubo de pasta de dentes que tinha sido aberto, uma escova de dentes, um frasco de antisséptico bucal, uma caixa de aspirina e um pacote de contraceptivos. Na capinha de plástico azul-escuro havia 1.500 dólares em notas de vinte e seis notas de cem coroas suecas. Sem dúvida uma soma incrivelmente alta para se carregar numa simples viagem, mas Alf Matsson parecia estar acostumado a fazer as coisas em grande estilo.

 Martin Beck colocou tudo de volta na mala da forma mais organizada possível e voltou à recepção. Era meio-dia e estava mais do que na hora de sair. Como ainda não sabia o que deveria fazer, melhor que o fizesse lá fora, com o ar fresco — ao sol, no cais, por exemplo. Pegou a chave de seu quarto no bolso e olhou bem para ela. Parecia tão antiga, venerável e sólida quanto o próprio hotel. Colocou-a sobre o balcão da recepção. O recepcionista estendeu imediatamente a mão para recebê-la.

 — Esta é uma chave sobressalente, não é?
 — Não entendi, senhor — disse o funcionário.

— Achei que o hóspede anterior tivesse levado a chave com ele.

— Sim, isso está correto. Mas recebemos a chave de volta no dia seguinte.

— De volta? E quem a entregou?

— A polícia.

— A polícia? Que polícia?

O chefe da recepção deu de ombros, confuso.

— A polícia normal, é claro. Que outra polícia seria? Um policial entregou a chave ao porteiro. O Sr. Alf Matsson deve tê-la deixado cair em algum lugar.

— Ah, é? E onde?

— Receio não saber, senhor.

Martin Beck fez mais uma pergunta.

— Porventura alguém mais, além de mim, examinou a bagagem do Sr. Alf Matsson?

O chefe da recepção hesitou por um momento antes de responder.

— Creio que não, senhor.

Martin Beck passou pela porta giratória. O homem de bigode grisalho e quepe estava de pé, na sombra, debaixo da sacada, perfeitamente imóvel, com as mãos atrás das costas. Um monumento vivo a Emil Jannings.

— O senhor se lembra de ter recebido a chave de um quarto das mãos de um policial, há duas semanas?

O homem lançou-lhe a ele um olhar inquisitivo.

— É claro.

— Quem a entregou era um policial uniformizado?

— Sim, era... Uma patrulha parou aqui e um dos policiais saiu do carro e devolveu a chave.

— E o que ele disse?

O homem pôs-se a pensar.

— Disse: "Propriedade perdida." Creio que nada mais.

Martin Beck deu meia-volta e afastou-se. Depois de dar alguns passos, lembrou-se da gorjeta. Voltou e colocou várias moedas leves de metal na mão do homem. O porteiro tocou a viseira do quepe com as pontas dos dedos da mão direita:

— Muito obrigado, mas não é necessário.

— Seu alemão é excelente — disse Martin Beck. E pensou: *Infinitamente melhor do que o meu, de qualquer modo.*

— Aprendi no front em Izonzo, em 1916.

Ao virar a esquina naquele quarteirão, Martin Beck pegou o mapa e o examinou. Ainda com o papel na mão, seguiu em direção ao cais. Um grande barco a vapor branco com rodas de pás forçava a entrada rio acima. Olhou para a cena sem alegria.

Havia alguma coisa fundamentalmente errada com tudo aquilo. Sem sombra de dúvida, alguma coisa não era como deveria ser. Só não sabia ainda o quê.

7

Era domingo e estava muito quente. Uma leve névoa de calor tremulava contra as montanhas. O cais estava apinhado de gente que andava de um lado para o outro ou se bronzeava nos degraus que levavam ao rio. Nos pequenos vapores ou lanchas a motor que faziam viagens rio abaixo e rio acima, pessoas em roupas de verão se acotovelavam, a caminho de praias fluviais e de pontos turísticos. Havia longas filas nas bilheterias.

Martin Beck tinha se esquecido de que era domingo e, a princípio, ficou surpreso com a multidão. Seguiu o fluxo dos transeuntes e percorreu o cais, observando o animado tráfego das embarcações. Tinha pensado em começar o dia com uma caminhada até a Ilha Margaret, bem no meio do rio, cruzando a próxima ponte, mas mudou de ideia ao imaginar a multidão de cidadãos de Budapeste que passaria o domingo lá.

Ficou ligeiramente irritado com a aglomeração; e a visão de toda aquela gente, feliz em aproveitar seu domingo livre, provocou nele uma ânsia repentina de agir. Decidiu então visitar o hotel onde Alf Matsson passou sua primeira e talvez única noite em Budapeste: um albergue na área de Buda, segundo informara o homem da embaixada.

Martin Beck saiu daquele rio de gente e dirigiu-se à avenida atrás do cais. À sombra do telhado de uma casa, estudou o mapa. Esquadrinhou-o durante muito tempo, mas não conseguiu encontrar o hotel chamado Ifjuság; por fim dobrou o mapa, guardou-o e começou a caminhar em direção à ponte que levava à ilha e à área de Buda. Olhou em volta em busca de uma patrulha da polícia, mas não encontrou nenhuma. No final da ponte havia um ponto de táxi, com um carro à espera. Parecia estar livre.

O motorista só falava húngaro e não entendeu uma só palavra até Martin Beck mostrar o pedaço de papel com o nome do hotel escrito. Cruzaram a ponte; passaram pela ilha verdejante, onde avistou um abundante curso d'água entre as árvores, e seguiram em frente por uma rua cheia de lojas, subiram ruas estreitas e chegaram a uma praça ampla, com áreas gramadas e uma escultura moderna em bronze representando um homem e uma mulher sentados, olhando-se nos olhos.

O táxi parou ali e Martin Beck pagou a corrida. Deve ter pagado um valor alto demais, a julgar pelos profusos agradecimentos do motorista em sua língua incompreensível.

O hotel era baixo e se estendia ao longo da praça, que mais parecia um alargamento da rua, com canteiros de flores e área para estacionamento. O prédio parecia ter sido construído recentemente, em contraste com as outras casas em torno do local. A arquitetura era moderna, e a fachada era cheia de varandas. Os degraus que conduziam à entrada eram poucos e largos.

O saguão descortinado pelas portas de vidro era claro e comprido. Via-se uma loja de souvenir (que, por sinal, estava fechada), as portas dos elevadores, alguns conjuntos de cadeiras e o balcão da recepção, que estava vazio. Não havia ninguém ali por perto. O cômodo adjacente era um amplo salão, com poltronas, mesas baixas e grandes janelas ao longo de toda a parede. Também estava vazio.

Martin Beck cruzou o aposento até a parede repleta de janelas e olhou para fora.

Alguns jovens se bronzeavam deitados na grama, em trajes de banho.

O hotel ficava no alto de uma pequena elevação, de onde se enxergava a área de Peste. As casas na parte elevada, entre o hotel e o rio, pareciam velhas e malcuidadas. Do táxi, Martin Beck avistara buracos de bala na maior parte das fachadas; em várias casas, o reboco parecia ter sido praticamente abatido a tiros.

Olhou em direção ao saguão, que continuava deserto, e sentou-se numa das poltronas. Não esperava muito dessa visita ao hotel Ifjuság. Alf Matsson tinha ficado ali uma noite; havia uma carência de vagas nos hotéis de Budapeste no verão, e o fato desse hotel, em particular, ter um quarto livre tinha sido, provavelmente, pura sorte. Era bem pouco plausível que, no auge do verão, alguém se lembrasse de um hóspede que tinha dado entrada tarde da noite e saído logo na manhã seguinte.

Terminou seu último cigarro Florida e olhou sombriamente para os jovens queimados de sol, estendidos na grama. De repente lhe pareceu bem ridículo ter que perambular por toda a Budapeste para tentar encontrar uma pessoa que lhe era completamente indiferente. Não se lembrava de ter tido uma missão tão desanimadora e sem sentido quanto aquela.

Foi então que ouviu passos no saguão. Levantou-se e seguiu prontamente o som desses passos. Um jovem estava de pé atrás do balcão da recepção, com o fone do aparelho telefônico na mão, olhando para o teto e mordendo o polegar enquanto ouvia. Depois começou a falar e, a princípio, Martin Beck pensou que ele falava finlandês, mas logo se lembrou de que o finlandês e o húngaro tinham a mesma raiz linguística.

O jovem colocou o fone no gancho e olhou inquisitivamente para Martin Beck, que hesitava quanto ao idioma que deveria usar.

— O que posso fazer pelo senhor? — disse o jovem num inglês perfeito, para alívio do inspetor.

— É sobre um hóspede que ficou neste hotel na noite de 22 de julho. Você tem alguma ideia de quem estava de serviço naquela noite?

O jovem consultou o calendário na parede

— Realmente não me lembro... Já faz mais de duas semanas. Um momento, vou conferir.

Deu uma busca numa gaveta debaixo do balcão, resgatou um pequeno livro preto e folheou-o. Depois disse:

— Na verdade era eu. Sexta-feira à noite... sim... Que tipo de hóspede? Só ficou uma noite?

— Sim, até onde sei — respondeu Martin Beck. — Pode ter ficado mais, é claro. Um jornalista sueco chamado Alf Matsson.

O jovem tornou a olhar para o teto, mastigando a unha. Fez que não com a cabeça.

— Não me lembro de nenhum sueco. Recebemos poucos suecos por aqui. Como ele é?

Martin Beck estendeu-lhe a fotografia do passaporte de Alf Matsson. O jovem olhou por um momento e pareceu hesitante:

— Não sei. Talvez o tenha visto antes. De fato, não me lembro.

— Você tem um livro de registro de hóspedes?

O jovem abriu a gaveta onde ficavam as fichas de registro de hóspedes e começou a procurar. Martin Beck esperou. Sentiu uma enorme necessidade de fumar e procurou cigarros nos bolsos, mas eles tinham definitivamente acabado.

— Aqui está — disse o jovem, tirando uma ficha da gaveta.

— Alf Matsson. Sueco, sim. Ficou aqui na noite de 22 de julho, exatamente como o senhor diz.

— E não ficou mais tempo?

— Não, não ficou. Mas esteve alguns dias aqui no fim de maio. Bem, isso foi antes de eu vir para cá. Eu estava fazendo provas na época.

Martin Beck pegou o cartão e examinou-o. Alf Matsson tinha se hospedado no albergue de 25 a 28 de maio.

— Quem estava de serviço nesse período?

O jovem pensou um pouco.

— Deve ter sido Stefi. Ou então o homem que trabalhava aqui antes de mim. Não consigo lembrar o nome dele.

— Stefi — repetiu Martin Beck. — Ele ainda trabalha aqui?

— Ela, o senhor quer dizer — explicou o jovem. — É uma garota, Stefania. Sim, nós nos revezamos em turnos.

— Quando ela assume a recepção?

— Com certeza deve estar aqui. Quero dizer, no quarto. Ela mora no hotel, sabe? Mas essa semana está no turno da noite, portanto é provável que ainda esteja dormindo.

— Pode verificar, por favor? — pediu Martin Beck. — Se estiver acordada, eu gostaria de falar com ela.

O rapaz levantou a tampa do balcão e saiu.

— Vou ver se ela está. Espere um momentinho.

Ele pegou um dos elevadores e Martin Beck viu, pelo mostrador, que ele parou no segundo andar. Após um pequeno intervalo, desceu de novo.

— A colega de quarto disse que ela está lá fora, tomando banho de sol. Espere aí que vou chamá-la.

O rapaz desapareceu saguão adentro e voltou logo depois, com uma jovem. Era pequena e rechonchuda; usava sandálias e, sobre o biquíni, um robe de algodão xadrez, que ela ainda abotoava ao se aproximar de Martin Beck.

— Desculpe incomodá-la — disse ele.

— Não tem problema — retrucou a jovem chamada Stefi. — Posso ajudá-lo em alguma coisa?

Martin Beck perguntou se ela estava de serviço durante aqueles dias específicos de maio. A garota foi para trás do balcão, olhou no livrinho preto e assentiu.

— Estava. Mas só durante o dia.

Martin Beck mostrou-lhe o passaporte de Alf Matsson.

— Sueco? — perguntou, sem conferir.

— Sim — confirmou Martin Beck. — Um jornalista.

Olhou para ela e esperou. A garota examinou a fotografia do passaporte e ergueu a cabeça.

— S-sim. — Ela pareceu hesitante. — Sim, acho que me lembro dele. Primeiro ficou sozinho num quarto com três camas. Depois tivemos um grupo de russos; aí eu precisei do quarto e tive de transferi-lo para outro. Ficou muito irritado porque não tinha telefone no novo quarto. Aqui não temos telefones em todos os quartos. Fez uma confusão tão grande por causa disso que fui forçada a permitir que trocasse de quarto com alguém que não precisasse do aparelho.

Fechou o passaporte e colocou-o sobre o balcão.

— Se essa pessoa é ele — comentou —, a foto não está muito boa.

— Você lembra se ele recebeu alguma visita? — perguntou Martin Beck.

— Não — respondeu ela. — Acho que não. Pelo menos não que eu me lembre, de qualquer forma.

— Usou muito o telefone? Ou recebeu chamadas?

— Parece que uma senhora ligou várias vezes, mas não tenho certeza.

Martin Beck refletiu um pouco.

— Lembra-se de alguma coisa mais a respeito dele?

A jovem balançou a cabeça negativamente.

— Tinha uma máquina de escrever, disso tenho certeza. E me lembro de que andava bem-vestido. Fora isso, não consigo me recordar de nada em especial sobre ele.

Martin Beck guardou novamente o passaporte no bolso e lembrou-se de que estava sem cigarros.

— Consigo comprar um maço de cigarros aqui? — perguntou.

A garota se inclinou para a frente e olhou numa gaveta.

— Com certeza. Mas só tenho Tervs.

— Está ótimo. — Martin Beck pegou o maço cinza, com o retrato de uma fábrica com várias chaminés. Pagou em dinheiro e disse a Stefi que guardasse o troco. Depois pegou um bloco e uma caneta no balcão, escreveu seu nome e o nome de seu hotel. Destacou a folha e entregou-a a Stefi.

— Se conseguir se lembrar de alguma coisa, talvez possa ligar para mim. Faria isso?

Stefi olhou para o pedaço de papel com desagrado.

— Enquanto você escrevia, me lembrei de uma coisa. Acho que foi aquele sueco que me perguntou como chegar a um endereço em Újpest. Pode não ter sido ele, não tenho certeza; pode ter sido outro hóspede. Desenhei um pequeno mapa para ele.

Ficou em silêncio; Martin Beck esperou.

— Eu me lembro da rua que ele perguntou, mas não do número. Minha tia mora nessa rua. Foi por isso que me lembrei.

O inspetor estendeu a ela o bloco de notas.

— Você faria a gentileza de escrever o nome da rua para mim?

Quando saiu do hotel, ele olhou para o papel.

Venetianer út.

Guardou-o no bolso, acendeu um Terv e começou a caminhar devagar em direção ao rio.

8

Era segunda-feira, 8 de agosto, e Martin Beck foi acordado pelo telefone. Ergueu-se sonolento, apoiado no cotovelo, atrapalhou-se um pouco com o fone e ouviu a telefonista dizer algo que não entendeu muito bem. Em seguida, uma voz familiar disse:
— Alô.
Por pura perplexidade, Martin Beck se esqueceu de responder.
— Alôôô! Tem alguém aí?
Kollberg podia ser ouvido tão claramente quanto se estivesse no quarto ao lado.
— Onde você está?
— No escritório, é claro. Já são nove e quinze. E não me diga que ainda está na cama roncando!
— Como está o tempo aí? — perguntou Martin Beck, e em seguida ficou em silêncio, embasbacado com o próprio comentário idiota.
— Está chovendo — respondeu Kollberg, desconfiado. — Mas não foi por isso que eu liguei. Está doente, por acaso?
O inspetor deu um jeito de se sentar na beira da cama e de acender um daqueles cigarros húngaros estranhos que tirou do maço com o desenho da fábrica.
— Não. O que você quer?
— Estive investigando um pouco por aqui. O tal de Alf Matsson não parece ser uma pessoa muito legal.
— Como assim?
— Bem, pelo menos é a impressão que tive. Ao que parece, é um grande babaca.

— E você me ligou para dizer isso?

— Na verdade não. Mas aconteceu uma coisa que acho que você deveria saber. Como eu não tinha muito que fazer no sábado, fui até aquele bar, o Tankard, e fiquei fazendo hora por lá.

— Escuta, acho que você não deve entrar muito nesse assunto; oficialmente você nem ouviu falar nele... e você nem sabe que estou aqui.

Kollberg pareceu realmente ofendido.

— Acha que sou algum idiota?

— Só às vezes — retrucou Martin Beck, amigavelmente.

— Não falei com ninguém, cara. Só fiquei sentado a uma mesa próxima à daquela gangue, escutando eles jogarem conversa fora. Por cinco horas! Cara, eles realmente pegam pesado na bebida.

A telefonista entrou na linha e disse qualquer coisa incompreensível.

— Você está levando o governo à falência — disse Martin Beck. — O que é? Desembucha logo.

— Bem, os caras estavam falando mal de todo mundo, atirando para todo lado, e disseram algumas coisas sobre "Alfie"; é assim que o chamam. São bem o tipo de gente que fala muito pelas costas uns dos outros. Assim que um deles ganha notoriedade, os outros todos se reúnem para criticá-lo.

— Não seja tão prolixo.

— O tal de Molin parece ser o pior. Foi ele que começou a falar da tal questão que me fez ligar para você. Sórdido, sim, mas talvez nem *tudo* seja mentira.

— Vamos lá, fala logo, Lennart.

— E ainda me trata assim! Bem, de qualquer modo, parece que o tal Matsson vai para a Hungria porque tem um caso lá. Com uma atleta sem importância que conheceu quando era repórter esportivo aqui em Estocolmo. Na cobertura de algum evento internacional, ou coisa que o valha. Isso enquanto ainda morava com a mulher.

— Opa...

— Disseram também que era bem provável que desse um jeito de viajar para outros lugares, Praga, Berlim e por aí vai, só para estar com ela enquanto competia nessas cidades.

— Não me parece provável. Em geral, as atletas ficam trancadas a sete chaves.

— Bem, essa é a informação. Estou vendendo-a pelo mesmo preço que comprei.

— Obrigado — disse Martin Beck sem qualquer traço de entusiasmo. — Tchau.

— Espera aí; ainda não terminei. Em momento algum mencionaram o nome dela; acho até que nem sabiam. Mas me deram detalhes suficientes para que eu pudesse... é, choveu ontem também.

— Lennart! — exclamou Martin Beck, em desespero.

— Dei um jeito de entrar na Biblioteca Real e fiquei lá o dia inteiro ontem, procurando em publicações antigas. Pelo que consegui deduzir, só pode ser uma garota chamada... Vou soletrar.

Martin Beck acendeu a luz da cabeceira e anotou as letras na borda do mapa de Budapeste. A-R-I B-Ö-K-K.

— Anotou? — perguntou Kollberg.

— Claro — respondeu Martin Beck.

— Na verdade é alemã, mas tem cidadania húngara. Não sei onde mora nem garanto que a grafia do nome esteja correta. Não é muito famosa. Não consegui me lembrar de nada nem ninguém que possa estar relacionado a ela. Aparentemente era algum tipo de substituta. Do segundo escalão, digamos.

— Acabou?

— Mais uma coisa: o carro dele está onde deveria estar. No estacionamento do aeroporto, aqui em Arlanda. Um Opel Rekord, sem nenhum detalhe especial.

— É mesmo? Agora você acabou?
— Acabei.
— Então tchau.
— Tchau.

Martin Beck olhou distraidamente para as letras que havia anotado. Ari Bökk. Nem parecia o nome de um ser humano. Era bem provável que aquilo estivesse errado e que a informação fosse completamente inútil.

Levantou-se, abriu as cortinas e deixou o verão entrar. A vista do rio e do lado de Buda era tão fascinante quanto há 24 horas. O barco com rodas de pás tcheco tinha partido, abrindo caminho para outra embarcação a motor de propulsão, com duas velas baixas. Também era da Tchecoslováquia e se chamava *Druzba*. Pessoas em trajes de veraneio tomavam café da manhã nas mesas em frente ao hotel. Já eram nove e meia. Sentiu-se inútil e negligente em suas tarefas; lavou-se e vestiu-se rapidamente, colocou o mapa no bolso e correu pela escadaria até o saguão. Depois de descer correndo, permaneceu um momento de pé, completamente imóvel. Afinal, correr não parecia fazer sentido, visto que, desde que chegara, não sabia direito o que fazer. Refletiu um instante sobre isso e depois dirigiu-se ao salão de refeições, sentou-se diante de uma janela aberta e pediu seu café da manhã. Barcos de todos os tamanhos passavam por ali: um grande reboque soviético puxando três embarcações petrolíferas subia o rio, vindo possivelmente de Batum, que era muito, muito longe. O capitão usava um quepe branco. Um enxame de garçons cercava a mesa de Martin Beck como se ele fosse o próprio Rockefeller. Alguns garotos chutavam uma bola na rua. Um cachorro grande quis participar e quase derrubou a dama bem-vestida que segurava sua coleira — ela teve que se agarrar a uma das pilastras de pedra da balaustrada para evitar o tombo. Após algum tempo conseguiu soltar a pilastra, mas manteve firme a coleira e correu a passos rápidos atrás do cachorro, em meio aos garotos que jogavam bola. A essa altura, já estava muito quente. O rio cintilava.

Sua falta de ideias construtivas era evidente. Martin Beck moveu a cabeça e viu uma pessoa que o encarava: um homem bronzeado, mais ou menos da sua idade, com cabelos grisalhos, nariz comprido, olhos castanhos, terno e gravata cinza, sapatos pretos e camisa branca. Usava um grande anel de sinete no dedo mindinho da mão direita; sobre a mesa, ao seu lado, havia um chapéu verde rajado, com aba estreita e uma pena, pequena e macia, presa à faixa. O homem voltou ao seu espresso duplo.

Martin Beck desviou os olhos; agora uma mulher o encarava. Era negra, jovem e muito bonita, com traços leves, grandes olhos brilhantes, dentes brancos, pernas longas e esguias e um ar arrogante. Usava sandálias prateadas e um vestido azul-claro, bem justo, de tecido brilhante.

Presumivelmente, os dois olhavam para Martin Beck — o homem com inveja, a mulher com maldisfarçado desejo — porque ele era muito atraente.

Mal espirrou, e três garçons lhe desejaram saúde. Agradeceu, saiu em direção ao saguão, pegou o mapa no bolso e mostrou as letras que havia escrito ao chefe da recepção.

— Conhece alguém com esse nome?

— Não, senhor.

— Supostamente é uma estrela dos esportes.

— É mesmo? — O funcionário pareceu simpático e educado. Naturalmente, o hóspede sempre tinha razão. — Talvez não seja tão conhecida, senhor.

— É um nome de homem ou de mulher?

— Ari é um nome de mulher, quase um apelido. Uma versão de Aranka usada principalmente por crianças.

O chefe da recepção curvou a cabeça e olhou novamente para as palavras no papel.

— Mas o sobrenome, senhor... é realmente nome de uma pessoa?

— Pode me emprestar a lista telefônica?

Naturalmente não havia ninguém chamado Bökk, pelo menos nenhum ser humano. Mas Martin Beck não desistiu tão facilmente (virtude, aliás, de pouca valia para uma pessoa que ainda não sabe o que fazer). Tentou várias outras possibilidades. O resultado foi o seguinte: BOECK ESZTER penzió XII Venetianer út 6 292-173.

Tomado pela primeira ideia do dia, pegou o pedaço de papel que tinha recebido da garota do albergue. *Venetianer út*. Era praticamente impossível ser coincidência.

Na recepção, uma jovem substituíra o idoso e venerável recepcionista.

— O que significa isso?

— *Penzió*. Pensão, albergue. Quer que eu disque o número para o senhor?

Martin Beck fez que não com a cabeça.

— Onde fica essa rua?

— No quarto distrito. Em Újpest.

— E como se chega lá?

— De táxi é mais rápido, claro. Também pode pegar a linha 3 do bonde, na praça Marx. Mas é mais confortável pegar um dos barcos que param aqui fora. Na direção norte.

O barco se chamava *Úttörö* e era um colírio para os olhos: um pequeno barco a vapor movido a carvão, com uma chaminé alta e reta e convés amplos. Enquanto a embarcação navegava calma e confortavelmente pelo rio, passando pelo prédio do Parlamento e pela verdejante Ilha Margaret, Martin Beck filosofava, na amurada, sobre o maldito culto ao motor a combustão. Foi até a casa de máquinas para espiar. O calor saía do compartimento de vapor como uma coluna. O foguista estava vestido com um calção de banho, e suas costas musculosas brilhavam com o suor. A pá se movimentava com estrépito. Em que aquele homem estaria pensando, debaixo daquele calor infernal? Muito provavelmente na bênção que era o motor a combustão: sem dúvida ele se via sentado lendo um jornal, ao lado do motor, com trapos de algodão e uma lata de óleo ao alcance da mão. Martin Beck voltou a estudar o barco, mas a visão do foguista havia estragado sua alegria. Era sempre assim: não se podia ter tudo.

O barco deslizava ao longo de parques e balneários espaçosos, ao ar livre. Abriu caminho em meio a um enxame de canoas e outras embarcações de passeio, passou por duas pontes e prosseguiu por um canal estreito até um minúsculo afluente do rio. Soltou um apito rouco de triunfo e atracou em Újpest.

Depois de desembarcar, Martin Beck deu uma volta e olhou para o barco, tão particular na forma e tão funcional em sua época. O foguista apareceu no convés, riu sob a luz do sol e pulou direto na água.

Essa parte da cidade tinha um caráter diferente das regiões de Budapeste que ele tinha visto antes. Cruzou a praça grande e nua; fez algumas tentativas precárias de perguntar como chegar ao seu destino, mas não conseguiu se fazer entender. Apesar de ter um mapa, acabou se perdendo e terminou num jardim atrás de uma sinagoga — evidentemente, um lar para judeus idosos. Frágeis sobreviventes dos dias terríveis do Holocausto acenaram alegremente para ele de suas cadeiras de vime, na faixa estreita de sombra ao longo das paredes.

Cinco minutos depois estava diante do prédio número 6 da Venetianer út. Tinha dois andares, e nada em seu exterior dava a impressão de que fosse um albergue. Na rua, no entanto, havia dois carros com placas de outros países. Conheceu a proprietária logo que entrou no saguão.

— *Frau* Boeck?

— Sim... lamento, mas estamos lotados!

Era uma mulher robusta, de seus 50 anos. Seu alemão lhe pareceu extraordinariamente fluente.

— Procuro uma senhora chamada Ari Boeck.

— É minha sobrinha. Um lance de escadas, segunda porta à direita — disse ela e se afastou. Simples assim. Martin Beck esperou um momento diante da porta pintada de branco e ouviu alguém se movimentando lá dentro. Em seguida, bateu de leve. A porta foi aberta imediatamente.

— *Fräulein* Boeck?

A mulher lhe pareceu surpresa. Era bem provável que estivesse esperando alguém. Usava um traje de banho azul-escuro de duas peças; na mão carregava uma máscara de mergulho verde de borracha e um snorkel. Estava de pé, com os pés bem abertos e a mão esquerda ainda na fechadura, absolutamente estática, como se tivesse sido paralisada no meio de um movimento. O cabelo era escuro e curto, as feições bem marcadas. Tinha sobrancelhas negras e espessas, nariz largo e reto, lábios grossos. Os dentes eram bons, mas um pouco desiguais. A boca estava meio aberta e a ponta da língua descansava sobre os dentes inferiores, como se estivesse para dizer alguma coisa. Tinha no máximo 1,55 m de altura, porém sua constituição era forte e harmoniosa, com ombros bem desenvolvidos, quadris largos e cinturinha fina. As pernas eram musculosas; os pés, pequenos e largos, com dedos retos. Estava bem bronzeada, e a pele parecia macia e flexível, particularmente no tórax e no abdome. As axilas estavam bem-depiladas. Tinha seios grandes e barriga achatada, com uma grossa camada de pelos que pareciam muito claros contra sua pele bronzeada. Aqui e ali, pelos escuros e encaracolados escapavam do elástico nas virilhas. Aparentava ter no máximo uns 22, 23 anos. Não era bonita no sentido convencional da palavra, mas sem dúvida era um espécime altamente funcional da raça humana.

Um olhar inquisitivo perpassou seus grandes olhos castanho-escuros. Finalmente disse:

— Sim, sou eu. Está procurando por mim?

O alemão não era tão fluente quanto o da tia, mas quase.

— Procuro por Alf Matsson.

— E quem seria?

No geral, sua atitude era a de uma criança em estado de choque, o que tornou Martin Beck incapaz de discernir qualquer reação definida à menção daquele nome. Era bem possível que fosse uma informação totalmente nova para ela.

— Um jornalista sueco, de Estocolmo.

— Essa pessoa supostamente morava aqui? Não há suecos no albergue no momento. Deve ser algum engano. — Ela refletiu por alguns instantes, com ar de desagrado. — Mas como o senhor sabia meu nome?

O quarto que se via atrás dela era uma acomodação normal de albergue; havia roupas jogadas de forma descuidada sobre os móveis. Só roupas femininas, pelo menos até onde Martin Beck podia ver.

— Foi ele mesmo quem me deu o endereço. Matsson é um amigo meu.

— Que estranho — disse a jovem, com olhar desconfiado.

Martin Beck tirou o passaporte de Matsson do bolso e abriu-o na página da fotografia. Estendeu-o à jovem, que examinou a foto atentamente.

— Não, nunca o vi antes. — Fez uma pausa, mas logo em seguida, perguntou: — Vocês se perderam um do outro?

Antes que Martin Beck tivesse tempo de responder, ouviu passos atrás de si e recuou para o lado. Um homem de uns 30 anos passou por ele e entrou no quarto. Usava calção de banho; de altura inferior à média, era louro e muito forte. Tinha o mesmo bronzeado estonteante da mulher. Posicionou-se atrás dela e examinou inquisitivamente o passaporte.

— Quem é esse? — disse em alemão.

— Não sei. Esse senhor se perdeu dele. Achou que tinha se mudado para cá.

— Ele se perdeu — repetiu o homem louro. — Isso não é bom. E ainda por cima sem o passaporte. Sei como isso pode ser desagradável. Eu mesmo já passei por essa situação.

De brincadeira, puxou o elástico do biquíni da mulher até onde pôde e soltou-o com um estalo. A jovem lançou a ele um rápido olhar de reprovação.

— Não vamos sair para nadar? — perguntou o homem.

— Sim, estou pronta.

— Ari Boeck — disse Martin Beck. — Reconheço esse nome. Você não é a nadadora?

Pela primeira vez, os olhos da garota se agitaram.

— Não participo mais de competições — respondeu ela.

— Mas você não nadou na Suécia?

— Sim, uma vez. Há dois anos. Cheguei em último lugar. Engraçado ele ter dado meu endereço a você.

O homem olhou-a inquisitivamente. Ninguém disse nada. Martin Beck guardou o passaporte.

— Bem, até logo então. Desculpe ter incomodado.

— Até logo — disse a jovem, sorrindo pela primeira vez.

— Espero que encontre seu amigo — disse o homem louro. — Já tentou o camping ao lado das Termas Romanas? Fica aqui em cima, do outro lado do rio. Tem muita gente lá. Pode tomar um barco até o local.

— Você é alemão, não é?
— Sou, de Hamburgo.

O homem desarrumou o cabelo escuro e curto da jovem que, por sua vez, acariciou o peito dele com as costas da mão esquerda. Martin Beck virou-se e saiu.

O saguão estava vazio. Numa prateleira atrás da mesa que servia de balcão de recepção havia uma pequena pilha de passaportes. O de cima era finlandês, mas debaixo dele havia dois com a capa familiar, cor de musgo. Como se estivesse passando, esticou a mão e pegou um deles. Abriu-o e então o homem que acabara de conhecer na porta do quarto de Ari Boeck lançou-lhe um olhar apático. Tetz Radeberger, agente de viagens, Hamburgo, nascido em 1935. Evidentemente, ninguém tinha se dado ao trabalho de mentir para ele.

Não teve muita sorte na viagem de volta; acabou numa balsa moderna e veloz, com convés coberto e motores a diesel que roncavam. Havia poucos passageiros a bordo; perto dele se sentaram duas senhoras idosas, com xales bem coloridos e vestidos alegres. Carregavam grandes trouxas brancas e provavelmente vinham do interior. Mais adiante, na primeira classe, havia um homem de meia-idade, muito sério, com chapéu de feltro. Segurava uma maleta e tinha a expressão facial de um servidor público. Um homem alto de terno azul cortava distraidamente um graveto com um canivete. Próximo à plataforma de desembarque, um policial uniformizado comia biscoitos em forma de oito, que tirava de um cone de papel, e falava de vez em quando com um homem calvo, de bigode preto. Um jovem casal com duas crianças que pareciam bonecas completava o grupo.

Martin Beck inspecionou seus colegas passageiros com olhar sombrio. A expedição tinha sido um fracasso. Nada indicava que Ari Boeck não estava dizendo a verdade.

Em seu íntimo, amaldiçoou o estranho impulso que o fizera aceitar essa missão sem sentido. As possibilidades de resolver o caso tornavam-se cada vez mais remotas. Estava sozinho e não tinha nenhuma ideia do que fazer. E ainda que por acaso viesse a ter alguma, não teria recursos para colocá-la em prática.

O pior de tudo era que, bem em seu íntimo, sabia que não tinha sido guiado por nenhum tipo de impulso. Era apenas sua alma de policial — ou qualquer que seja o nome — que entrava em atividade. O mesmo instinto que fez Kollberg sacrificar seu tempo livre. Uma espécie de doença ocupacional que o forçava a aceitar todas as missões e fazer o máximo possível para solucioná-las.

Eram quatro e quinze da tarde quando voltou ao hotel; o salão de refeições estava fechado. Tinha perdido o almoço. Subiu até o quarto, tomou um banho e vestiu o pijama. Tomou um gole do uísque que havia comprado no avião, mas achou o gosto desagradável e foi ao banheiro escovar os dentes. Em seguida debruçou-se na janela, com os ombros apoiados no parapeito, e ficou olhando os barcos. Mas nem isso conseguiu distraí-lo por muito tempo. Logo abaixo dele, a uma das mesas externas, estava um dos passageiros do barco: o homem de terno azul. Tomava um copo de cerveja e continuava cortando seu galho.

Com ar desanimado, Martin Beck deitou-se na cama, que rangeu. Repassou de novo toda a situação. Mais cedo ou mais tarde seria forçado a fazer contato com a polícia local. A medida era duvidosa e ninguém gostaria de tomá-la. Nem mesmo ele, no atual estágio da investigação.

Decidiu passar o tempo até a hora do jantar descansando numa poltrona no saguão. Do outro lado da sala, um homem grisalho, com um anel de sinete, lia um jornal húngaro. Era o mesmo homem que o encarara no café da manhã. Martin Beck observou-o por um longo tempo, mas o homem continuou tranquilamente bebendo seu café e lhe pareceu bastante alheio a tudo à sua volta.

No jantar, Martin Beck pediu uma sopa de cogumelos e um peixe, espécie de pargo vinda do lago Balaton, que foi acompanhado alegremente com vinho branco. A pequena orquestra tocou Liszt, Strauss e outros compositores da mesma elevada escola. Foi um jantar e tanto, mas nem isso o alegrou. Os garçons se acotovelavam em torno de seu lúgubre hóspede como médicos especialistas em torno do leito de morte de um ditador.

Tomou café com brandy no saguão. O homem com anel de sinete ainda estava lendo seu jornal do outro lado da sala. Mais uma vez, tinha diante de si uma xícara de café. Após alguns minutos, o homem consultou o relógio, olhou de soslaio para Martin Beck, dobrou o jornal e atravessou o saguão.

Martin Beck seria poupado da árdua tarefa de contatar a polícia local: a própria polícia tomou a iniciativa. Seus 23 anos de experiência o tinham ensinado a reconhecer um policial pelo modo de andar.

9

O homem de terno cinza tirou um cartão de visitas de seu bolso superior e colocou-o na beira da mesa. Martin Beck olhou-o de soslaio enquanto se levantava. Apenas um nome: Vilmos Szluka.

— Posso me sentar?

O homem falava em inglês. Martin Beck assentiu.

— Sou da polícia.

— Eu também — retrucou Martin Beck.

— Sei disso. Café?

Ele fez que sim com a cabeça. O homem da polícia ergueu dois dedos e, quase imediatamente, um garçom correu em sua direção com duas xícaras. Essa era claramente uma nação de apreciadores de café.

— E também sei que está aqui por causa de certas investigações.

Martin Beck não respondeu imediatamente. Coçou o nariz e pensou. Óbvio que era o momento certo para dizer: *De modo algum. Estou aqui como turista, mas tenho tentado encontrar um amigo que eu gostaria de rever.*

Bem, isso era, presumivelmente, o que se esperava dele.

Szluka não parecia ter pressa alguma. Com óbvio prazer, bebericou seu espresso duplo; sabe-se lá quantos já teria tomado, porque só Martin Beck o tinha visto pedir pelo menos três ao longo do dia. O homem era bastante educado, porém formal. Tinha um olhar amigável, mas muito profissional.

Martin Beck continuou a ponderar. O homem era de fato um policial, mas até onde ele sabia, não havia lei alguma no mundo que determinasse que os indivíduos deveriam dizer a verdade à polícia. Infelizmente.

— Sim — respondeu Martin Beck. — Está correto.

— E não teria sido mais lógico nos procurar em primeiro lugar?

Martin Beck preferiu não responder a essa última pergunta. Após uma pausa de alguns segundos, o outro homem prosseguiu com sua própria linha de raciocínio.

— No caso de ter efetivamente acontecido algo que exigisse uma investigação — completou.

— Não estou em missão oficial.

— E nós não fomos notificados de nenhuma ocorrência. Fomos apenas inquiridos, em termos muito vagos. Em outras palavras, aparentemente não aconteceu nada.

Martin Beck engoliu seu café, que estava muito forte. A conversa estava se tornando mais desagradável do que esperara. Em qualquer circunstância, porém, não havia razão para que aceitasse ser repreendido, no saguão de um hotel, por um policial que nem sequer se dera ao trabalho de se identificar.

— No entanto, a polícia daqui achou que tinha motivos para revistar os pertences de Alf Matsson — disse Beck. Foi um comentário despretensioso, mas mexeu com os brios do policial.

— Não sei nada sobre isso — disse Szluka, áspero. — A propósito, o senhor pode se identificar?

— E o senhor, pode?

Martin Beck percebeu uma rápida mudança nos olhos castanhos do colega. O homem não era nada inofensivo. Szluka enfiou a mão no bolso interno, retirou a carteira e abriu-a de modo ágil e natural. Martin Beck não se deu ao trabalho de olhar, mas mostrou seu distintivo preso ao chaveiro.

— Essa não é uma identificação válida — retrucou Szluka. — Em nosso país qualquer um pode comprar emblemas de vários tipos nas lojas de brinquedos.

Esse ponto de vista não era de todo injustificado, e Martin Beck não achou que o assunto merecia uma nova discussão. Mostrou seu cartão de identificação.

— Meu passaporte está na recepção.

O outro homem estudou minuciosamente o documento, com toda calma. Quando o devolveu, perguntou:

— Quanto tempo pretende ficar?

— Meu visto é válido até o fim do mês.

Szluka sorriu pela primeira vez durante a conversa. Ainda assim, o sorriso era artificial, e não foi difícil entender seu significado. O húngaro tomou o último gole de café, abotoou o paletó e disse:

— Não desejo impedi-lo de trabalhar, embora, naturalmente, eu possa fazê-lo. Até onde vejo, suas atividades são mais ou menos de caráter particular. Presumo que continuarão assim e que não prejudicarão os interesses do público ou de qualquer cidadão.

— O senhor sempre pode continuar me seguindo, é claro.

Szluka não respondeu. Seus olhos se tornaram frios e hostis.

— Afinal, o que você acha que está fazendo? — perguntou ele.

— O que *você* acha?

— Não sei. Nada aconteceu.

— Só o fato de que uma pessoa desapareceu.

— Quem diz isso?

— Eu estou dizendo.

— Nesse caso, o senhor deveria procurar as autoridades e exigir que o caso seja investigado seguindo os procedimentos de rotina — sugeriu Szluka, áspero.

Martin Beck tamborilou com os dedos na mesa.

— O homem desapareceu; sobre isso não há a menor dúvida.

O húngaro estava, evidentemente, prestes a sair. Estava sentado na poltrona, completamente ereto, com a mão direita apoiada no braço do móvel.

— Com essa afirmação o senhor na verdade quer dizer, até onde consigo deduzir, que a pessoa em questão não foi vista aqui, em seu hotel, nas duas últimas semanas. O jornalista tem um visto de residência válido e pode viajar à vontade dentro das fronteiras do país. Nesse momento há uns 200 mil turistas aqui, muitos deles dormindo em barracas ou em seus carros. Esse homem poderia estar em Szeged ou Debrecen. Pode ter ido ao lago Balaton, para nadar durante o fim de semana.

— Alf Matsson não veio até aqui para nadar.

— Ah, não? De qualquer forma, tem um visto de turista. Por que iria desaparecer, como o senhor diz? Será que ele agendou a passagem de volta?

Essa última pergunta sem dúvida merecia uma reflexão. Sobretudo pela forma como foi feita, indicando que Szluka já sabia a resposta. Ele se levantou.

— Um momento — disse Martin Beck. — Gostaria de perguntar uma coisa.

— Por favor, pergunte. O que deseja saber?

— Quando Alf Matsson deixou o hotel, levou consigo a chave. No dia seguinte, essa chave foi entregue aqui por um policial uniformizado. Onde a polícia conseguiu a chave?

Szluka encarou-o por pelo menos uns 15 segundos. Em seguida, disse:

— Infelizmente não posso responder a essa pergunta. Até logo.

Cruzou rapidamente o saguão, parou no balcão da chapelaria, recebeu seu chapéu marrom-acinzentado com uma pena presa à faixa e ficou com ele nas mãos como se estivesse pensando em algo. Depois deu meia-volta e retornou à mesa de Martin Beck.

— Aqui está seu passaporte.

— Obrigado.

— Não estava na recepção, como o senhor pensou. Estava enganado.

— Eu sei. — Martin Beck não achou graça nenhuma no comportamento do policial e sequer ergueu os olhos. Szluka permaneceu ali, de pé.

— O que o senhor está achando da comida daqui?

— É boa.

— Estou feliz por ouvir isso.

O comentário do húngaro lhe pareceu sincero, e Martin Beck ergueu a cabeça.

— Veja — explicou Szluka. — Nada de muito dramático ou interessante acontece por aqui hoje em dia. Não é como em seu país ou em Londres ou em Nova York.

A comparação era de certa forma desconcertante.

— Mas já tivemos mais do que suficiente no passado — prosseguiu o húngaro solenemente. — Agora queremos paz e sossego. E nos interessamos por outras coisas; pela comida, por exemplo. Eu mesmo, no café da manhã, saboreei quatro fatias de bacon e dois ovos fritos. No almoço, sopa de peixe e carpa frita à milanesa. A sobremesa foi strudel de maçã. — Fez uma pausa e prosseguiu, pensativo: — As crianças não gostam de bacon, é claro. Em geral, tomam leite com achocolatado e comem pãezinhos doces com manteiga antes de irem para a escola.

— Ahã.

— É verdade. E hoje à noite o jantar será filé de vitela à milanesa com arroz e molho de páprica. Nada mal. À propósito, já provou a sopa de peixe daqui?

— Não.

Na verdade, tinha provado a sopa em sua primeira noite, mas não conseguia perceber o que isso tinha a ver com a polícia húngara.

— Pois o senhor deve provar. É excelente! Mas é ainda melhor no Matya's, um lugar que fica bem perto daqui. Deve arrumar um tempo para ir até lá, como a maioria dos outros estrangeiros.

— Ahã.

— Mas posso garantir que conheço um lugar onde há uma sopa de peixe ainda melhor. A melhor sopa de peixe de toda a Budapeste! É um lugar pequeno, em Lajos út. Poucos turistas conseguem chegar lá. É preciso ir até Szeged para encontrar uma sopa como aquela.

— Ahã.

Szluka ficara visivelmente animado durante sua incursão pelos temas culinários. Agora parecia imerso em seus pensamentos e olhou para o relógio, provavelmente pensando em seu filé de vitela à milanesa.

— Já teve tempo de ver alguma coisa de Budapeste?

— Um pouco. É uma cidade linda.

— É mesmo, não é? Já foi ao Palatinus Strandfürdő?

— Não.

— As piscinas de lá valem uma visita. Eu mesmo estou planejando ir até lá amanhã. Quem sabe não podemos ir juntos?

— Por que não?

— Excelente. Nesse caso eu o encontro às duas da tarde, na entrada, do lado de fora.

— Boa noite.

Martin Beck permaneceu sentado por algum tempo, pensando. A conversa tinha sido desagradável e inquietante. A mudança repentina na atitude de Szluka em nada alterara essa impressão. Mais intensamente do que nunca, Martin Beck tinha a sensação de que alguma coisa não se encaixava; ao mesmo tempo, porém, sua própria impotência parecia cada vez mais evidente.

Por volta das onze e meia, o saguão e o salão de refeições começaram a esvaziar; Martin Beck, então, subiu para o quarto. Depois de se despir, chegou por um momento à janela aberta, para respirar o ar quente da noite. Um barco a vapor deslizava pelo rio, todo iluminado com lâmpadas verdes, vermelhas e amarelas. Pessoas dançavam no convés da popa, e o som da música atravessava as águas de modo intermitente. Algumas pessoas ainda estavam sentadas às mesas na frente do hotel. Uma delas era um homem com cerca de 30 anos, de cabelo escuro e ondulado. Tinha um copo de cerveja à sua frente; obviamente fora em casa e havia trocado seu terno azul por outro, cinza-claro.

Martin Beck fechou a janela e foi para a cama. Deitado no escuro, pensava: a polícia pode não estar particularmente interessada em Alf Matsson, mas sem dúvida está interessada em Martin Beck.

Levou muito tempo até conseguir adormecer.

10

Martin Beck sentou-se à sombra, ao lado da balaustrada de pedra em frente ao hotel, para fazer um desjejum tardio. Era seu terceiro dia em Budapeste e prometia ser tão quente e bonito quanto os anteriores.

O café da manhã estava quase encerrado; ele e um casal idoso, sentado em silêncio duas mesas depois da sua, eram os únicos hóspedes na área. Muitas pessoas circulavam pela via em direção ao cais. Em sua maioria eram mães com crianças e carrinhos de bebê baixos, rentes ao chão, todos iguais, como pequenos tanques brancos.

O homem alto e moreno de bengala não estava à vista, o que não significava necessariamente que Martin Beck não estivesse mais sendo vigiado. O efetivo da polícia era grande e com certeza havia substituições.

Um garçom veio e limpou sua mesa.

— *Frühstück nicht gut?* — perguntou, olhando tristemente para o salame intocado no prato.

Martin Beck lhe garantiu que o café da manhã estava muito bom. Quando o garçom se afastou, ele pegou um cartão-postal que tinha comprado no quiosque do hotel. Mostrava um barco a vapor que subia o Danúbio com uma das pontes ao fundo. A mulher do quiosque havia colocado um selo no cartão; ele levou alguns minutos decidindo para quem deveria mandá-lo, mas em seguida endereçou-o a Gunnar Ahlberg, Delegacia de Polícia, Motala, Suécia. Escreveu uma pequena saudação e guardou o cartão de novo no bolso.

Conhecera Ahlberg havia dois anos, no verão, quando o corpo de uma mulher tinha sido encontrado no Canal de Göta, em Motala. Tinham se tornado bons amigos durante os seis meses da investigação e, desde então, se falavam de vez em quando. Na época, a investigação e a caçada ao assassino haviam se tornado uma questão pessoal para Martin Beck. Não fora apenas seu lado policial que o tornara incapaz de pensar em outra coisa que não aquele caso durante meses a fio.

E agora, aqui em Budapeste, só com enorme esforço conseguia ter algum interesse por essa missão.

Sentia-se estupidamente inútil sentado ali. Tinha várias horas livres antes do encontro com Szluka, e a única coisa construtiva que conseguiu pensar em fazer foi colocar na caixa de correio o cartão-postal para Ahlberg. Uma coisa o incomodara muito: o fato de o policial húngaro ter lhe perguntado, antes que ele próprio tivesse essa ideia, se havia verificado se Alf Matsson tinha marcado o voo de volta. Puxou o mapa e encontrou uma das filiais da companhia aérea, que ficava perto de uma praça próxima ao hotel. Depois levantou-se, cruzou o salão de refeições e o saguão e foi colocar o cartão-postal na caixa vermelha de correio, fora da entrada do hotel. Em seguida começou a caminhar em direção ao centro.

A praça era grande, com muitas lojas, cafés, agências de viagens e bastante tráfego. Muitas pessoas já estavam sentadas às mesas pequenas tomando café. Bem ao lado, viu uma escadaria que levava a algum lugar no subsolo, debaixo da rua. O nome "Földalatti" apareceu numa placa, e ele supôs que a palavra significava "W.C." Sentiu-se quente e grudento, por isso decidiu descer e se lavar antes de visitar a filial da companhia aérea. Atravessou a avenida e seguiu dois cavalheiros e suas pastas, que desciam as escadas também.

Ao descer, Martin Beck viu o menor metrô que já conhecera. Na plataforma havia um pequeno quiosque de madeira e vidro, pintado de verde e branco, cujo teto baixo era sustentado por pilares decorativos em ferro fundido. O trem, que já estava na plataforma, mais parecia uma locomotiva feita para duendes em algum parque de diversões do que um meio de transporte eficiente. Ele lembrou que aquele metrô era o mais antigo da Europa.

Pagou a passagem, retirou um bilhete no guichê e entrou no pequeno vagão de madeira envernizada. Bem poderia ser o mesmo no qual o imperador Francisco José tinha viajado quando inaugurou a linha, em algum momento próximo do fim do século XIX. Houve uma pausa antes de as portas se fecharem. O vagão estava cheio quando o trem partiu.

No meio do vagão havia três homens e uma mulher de pé. Eram surdos-mudos e entabulavam uma animada conversa em língua de sinais. Quando o trem parou pela terceira vez, Martin Beck teve tempo de notar a presença de um homem sentado na outra extremidade do carro, meio virado de lado em relação a ele.

O homem era sombrio, bronzeado, e Martin Beck o reconheceu na hora. Em vez do paletó cinza, agora usava uma camisa verde, aberta no colarinho. Provavelmente não restava nada do graveto que havia talhado no dia anterior.

De repente o trem lançou-se para fora de um túnel e diminuiu a velocidade. Passou por um parque verde com uma grande piscina, que cintilava à luz do sol. Depois parou e o carro se esvaziou. Era, evidentemente, o fim da linha.

Martin Beck foi o último a sair; olhou em volta à procura do homem sombrio, mas não havia sinal dele.

Uma via ampla levava ao parque, que parecia fresco e convidativo, mas Martin Beck decidiu não se arriscar em novas expedições. Leu a tabela de horários na plataforma e viu que aquela linha era a única que ia até o parque e que o trem retornaria em 15 minutos.

Eram onze e meia quando entrou na filial da Malév Airlines. As cinco jovens atrás do balcão estavam ocupadas atendendo clientes; Martin Beck sentou-se ao lado da vitrine que dava para a rua, para esperar.

Não teve sucesso em detectar a presença do homem de cabelo escuro e ondulado quando retornou do parque, mas presumiu que ainda estivesse por ali em algum lugar. Ficou pensando se ele o seguiria também durante o encontro com Szluka.

Uma das cadeiras foi desocupada e Martin Beck sentou-se. A jovem atrás do balcão tinha o cabelo negro, e cachos elaborados caíam em sua testa. Parecia eficiente e fumava um cigarro numa ponteira vermelha.

Martin Beck executou a tarefa que o levara até lá. Por acaso um jornalista sueco chamado Alf Matsson havia marcado um voo para Estocolmo ou qualquer outro lugar após o dia 23 de julho?

A jovem lhe ofereceu um cigarro e começou a folhear seus papéis. Em seguida, pegou o telefone e falou com alguém, fez que não com a cabeça e dirigiu-se a uma de suas colegas.

Quando todas as cinco atendentes acabaram de conferir suas listas, passava do meio-dia, e a jovem informou que nenhum Alf Matsson havia marcado um voo em qualquer dos aviões que sairiam de Budapeste.

Martin Beck decidiu dispensar o almoço e subiu para seu quarto. Abriu a janela e observou, lá embaixo, o pessoal que estava almoçando. Nem sombra do homem alto de camisa verde.

A uma das mesas havia seis homens com idade em torno de 30 anos, bebendo cerveja. Martin Beck teve uma ideia; foi até o telefone e solicitou uma chamada para Estocolmo. Deitou-se na cama e esperou. Quinze minutos depois, o telefone tocou, e a voz de Kollberg foi ouvida do outro lado da linha.

— Oi! Como estão as coisas?

— Nada bem.
— Encontrou a tal garota? Bökk?
— Sim, mas não era nada. Nem sabia quem ele era. Um louro musculoso estava de plantão, colado nela.
— Então foi só conversa fiada. Bem, de acordo com seus supostos amigos lá do bar, ele tinha fama de falar muito e agir pouco.
— Está muito ocupado?
— Estou nada! Posso sair por aí apurando informações, se quiser.
— Pode fazer uma coisa para mim? Descubra o nome daqueles caras do Tankard e que tipo de gente são. Pode ser?
— Tudo bem! Algo mais?
— Tome cuidado. Lembre-se de que provavelmente são jornalistas. Até logo. Vou sair para nadar com Szluka.
— Mas que nome para uma garota! Martin, escute: você verificou se ele marcou algum voo de volta?
— Tchau — despediu-se Martin Beck e pôs o fone no gancho.

Procurou seu calção de banho na mala, enrolou-o numa das toalhas do hotel e desceu até a estação dos barcos.

O barco se chamava *Obuda* e era daqueles com a desagradável cobertura. Mas já era tarde e tinha a vantagem de ser mais rápido do que os outros, movidos a carvão.

Desembarcou próximo a um grande hotel, na ilha Margaret. Depois seguiu o trajeto que levava ao interior da ilha; caminhou rapidamente sob as árvores frondosas, ao longo da grama verde e viçosa, passou por uma quadra de tênis e logo chegou ao local combinado.

Szluka estava de pé perto da entrada, à sua espera, com a pasta na mão. Estava vestido como no dia anterior.

— Desculpe por tê-lo feito esperar — disse Martin Beck.

— Acabei de chegar — respondeu Szluka.
Compraram as entradas e foram para o vestiário. Um homem calvo, de camiseta, cumprimentou Szluka e destrancou dois armários. O policial húngaro tirou de sua pasta um calção de banho preto, trocou-se rapidamente e pendurou suas roupas de forma meticulosa em um cabide. Os dois vestiram os calções de banho simultaneamente, embora Martin Beck tivesse muito menos roupa para tirar.

Szluka pegou sua pasta e saiu do vestiário na frente. Martin Beck o seguiu, com a toalha enrolada na mão.

O lugar estava cheio de gente bronzeada. Logo em frente ao vestiário havia uma piscina redonda, com fontes que jorravam jatos d'água bastante altos. Crianças risonhas corriam para dentro e para fora das cascatas. Num dos lados havia outra piscina, pequena, com degraus que adentravam a água. No outro lado havia outra piscina, grande, cheia de água verde-clara, que se tornava mais escura próxima ao meio. Estava cheia de gente de todas as idades, nadando e chapinhando. A área entre as piscinas e o gramado era pavimentada com lascas de pedra.

Martin Beck seguiu Szluka pela beira da grande piscina. À frente deles, mais adiante, via-se uma arcada semicircular, para a qual o húngaro claramente se dirigia.

Uma voz no sistema de alto-falantes passou alguma informação, e uma multidão começou a correr em direção à piscina cujos degraus adentravam a água. Martin Beck quase foi derrubado e seguiu o exemplo de seu colega: deu um passo para o lado até a correria acabar. O inspetor olhou inquisitivamente para Szluka, que explicou:

— Piscina com ondas.

Martin Beck viu a piscina menor se encher rapidamente de gente; os banhistas pareciam sardinhas em lata. Duas bombas gigantes começaram a bombear água na direção das bordas da piscina, e o cardume humano se sacudia nas altas ondas entre gritos de prazer.

— Talvez você queira pegar onda — disse Szluka.

Martin Beck olhou para ele, que estava muito sério.

— Não, obrigado.

— Pessoalmente, gosto de me banhar na fonte de enxofre — comentou Szluka. — É muito relaxante.

A fonte saía de uma pilha de pedras no meio de uma piscina oval. A água batia na altura dos joelhos, e uma parte ficava à sombra de uma arcada. A piscina fora construída como um labirinto, cujas paredes se elevavam uns 25 centímetros do solo e funcionavam como suporte para as espreguiçadeiras, nas quais se podia sentar com água até o queixo.

Szluka entrou na piscina e começou a vagar entre as filas de pessoas sentadas. Ainda segurava a pasta. Martin Beck se perguntou se o homem estava tão acostumado a carregá-la que se esquecera de deixá-la em algum lugar, mas nada disse. Entrou na piscina e pôs-se a segui-lo.

A água estava bem quente, e o vapor cheirava a enxofre. Szluka foi até a colunata, pousou a pasta na borda da mureta e sentou-se na água. Martin Beck sentou-se ao seu lado. Era muito confortável ficar na espaçosa espreguiçadeira de pedra, cujos amplos braços repousavam uns dez centímetros abaixo da superfície da água.

Szluka recostou a cabeça no encosto da cadeira e fechou os olhos. Martin Beck não disse nada e ficou olhando os banhistas.

Bem em frente a ele estava sentado um homem pequeno, pálido e magro, que balançava no joelho uma mulher loura e gorda. Ambos olhavam, sérios e distraídos, uma garotinha que patinhava na água diante deles, com uma boia de borracha em volta da barriga.

Um garoto pálido e sardento, de calção branco, se aproximava devagar. Trazia a reboque, segurando frouxamente pelo dedão do pé, um jovem robusto que estava deitado de costas, com os olhos fixos no céu e as mãos cruzadas sobre o estômago.

Na beira da piscina encontrava-se o homem alto e bronzeado, com cabelo escuro e ondulado. Seu calção de banho era azul-claro, largo; mais parecia uma cueca. Martin Beck suspeitou de que de fato era uma cueca. Pensou que talvez devesse tê-lo avisado de que iria nadar, para que o homem tivesse tido tempo de arranjar um calção.

De repente, sem abrir os olhos, Szluka disse:

— A chave estava na escadaria da delegacia de polícia. Um patrulheiro a encontrou.

Martin Beck olhou surpreso para o colega, que estava deitado e completamente relaxado ao seu lado. Os pelos em seu peito bronzeado flutuavam lentamente, como se fossem algas marinhas brancas na água verde e tremulante.

— E como apareceu lá?

Szluka virou a cabeça e olhou para Martin Beck por entre as pestanas semicerradas.

— Você não vai acreditar, é claro, mas o fato é que eu não sei.

Um longo murmúrio de desapontamento, em uníssono, se fez ouvir na piscina menor. As ondas tinham acabado, e a piscina grande se encheu de gente de novo.

— Ontem você não quis me contar onde conseguiu a chave. Por que resolveu me dizer agora? — perguntou Martin Beck.

— Como você parece interpretar erradamente a maioria das coisas que a gente diz, e essa era uma informação que poderia ser obtida em outro lugar, achei melhor eu mesmo contar logo.

Pouco depois, Martin Beck disse:

— Por que está mandando alguém me seguir?

— Não sei do que você está falando.

— O que comeu no almoço?

— Sopa de peixe e carpa.

— E strudel de maçã?

— Não, morangos silvestres com creme batido e açúcar refinado — respondeu o colega húngaro. — Delicioso!

Martin Beck olhou em volta. O homem de cuecas tinha desaparecido.

— Quando a chave foi encontrada? — perguntou.

— No dia anterior ao que ela foi entregue no hotel. Na tarde de 23 de julho.

— Na verdade, no mesmo dia que Alf Matsson desapareceu.

Szluka empertigou-se e olhou para Martin Beck. Depois virou-se, abriu a pasta, tirou uma toalha e secou as mãos. Depois puxou um envelope e folheou o conteúdo.

— Na verdade, fizemos algumas sindicâncias, apesar de não termos recebido um pedido oficial para iniciar uma investigação. — Tirou um papel e prosseguiu: — Você parece estar levando esse assunto bem mais a sério do que me parece necessário. Esse Alf Matsson é uma pessoa importante?

— Pelo fato de ter desaparecido de uma forma inexplicável, sim, é. Consideramos isso um motivo suficientemente importante para se descobrir o que aconteceu com ele.

— E o que indica que algo aconteceu com ele?

— Nada. Mas o fato é que desapareceu.

Szluka olhou para o papel em suas mãos.

— De acordo com as autoridades do setor de passaportes e de alfândega, nenhum cidadão sueco chamado Alf Matsson deixou a Hungria desde o dia 22 de julho. De qualquer forma, o passaporte dele ficou no hotel, e dificilmente ele conseguiria sair do país sem isso. Ninguém que pudesse ser esse Alf Matsson foi levado a um hospital ou necrotério neste país durante o período em questão. Sem o passaporte, Matsson também não seria aceito em qualquer outro hotel do país. Em consequência, tudo indica que, por alguma razão, seu conterrâneo decidiu permanecer na Hungria por mais algum tempo.

Szluka recolocou o papel no envelope e fechou a pasta.

— O homem esteve aqui várias vezes antes. Talvez tenha feito alguns amigos e esteja na casa deles — prosseguiu, recompondo-se.

— No entanto, não há uma explicação razoável para ele deixar o hotel e não dizer a ninguém onde estaria — disse Martin Beck pouco depois.

Szluka levantou-se e pegou a pasta.

— Enquanto ele tiver um visto válido, não posso, como já disse, fazer nada mais em relação ao assunto.

Martin Beck também se levantou.

— Fique onde está — ordenou Szluka. — Infelizmente tenho que ir. Mas talvez nos encontremos de novo. Até logo.

E apertou a mão de Martin Beck, que o viu afastar-se, devagar, com a pasta. A julgar por sua aparência, ninguém pensaria que aquele homem comia quatro fatias de bacon gordo no café da manhã.

Depois que Szluka foi embora, Martin Beck foi para a piscina grande. A água quente e os odores de enxofre tinham-no deixado um pouco tonto, e ele resolveu nadar na água clara e fria antes de se sentar ao sol na beira da piscina para se secar. Durante algum tempo, observou dois homens de meia-idade, mortalmente sérios, de pé na parte rasa da piscina, jogando uma bola vermelha um para o outro.

Em seguida foi se trocar. Sentia-se perdido e confuso. Nesse encontro com Szluka, não fora nem de longe o mais esperto.

11

Depois do banho, o calor não lhe pareceu mais tão opressivo. Martin Beck não viu motivo para esgotar sua resistência. Caminhou devagar pelas aleias do espaçoso parque, parando com frequência para observar a paisagem. Não viu sinal de sua "sombra". Talvez tivesse se dado conta, afinal, do quão inofensivo ele era e desistido de segui-lo. Por outro lado, a ilha inteira estava fervilhando de gente, e era difícil tentar reconhecer alguém em particular no meio daquela multidão — principalmente quando não se tinha a menor ideia de como era a pessoa a ser reconhecida. Ele abriu caminho em direção ao rio, no lado leste da ilha, e seguiu o contorno da costa até um pequeno embarcadouro, onde todos os barcos que ele tinha visto anteriormente haviam atracado. Chegou a pensar que conseguiria se lembrar do nome do ancoradouro: Casino.

Ao longo do cais, logo adiante da estação de barcos, havia uma fila de embarcações, onde algumas pessoas aguardavam. Num deles estava sentada uma das poucas pessoas em Budapeste que lhe era familiar: a garota facilmente impressionável da casa em Újpest. Ari Boeck usava óculos escuros, sandálias e um vestido branco de alcinhas. Lia um jornal alemão; ao seu lado, no banco, havia uma sacola de nylon com alça de barbante. A primeira ideia de Martin foi passar a toda por ela, mas arrependeu-se, parou e disse:

— Boa tarde.

A jovem ergueu os olhos e contemplou-o inexpressivamente. Logo em seguida pareceu reconhecê-lo e sorriu.

— Ah, é o senhor, não? Encontrou seu amigo?

— Não, ainda não.
— Pensei no caso depois que o senhor foi embora ontem. Não consigo entender por que ele lhe deu meu endereço.
— Nem eu.
— Pensei nisso ontem à noite também — comentou a jovem com ar tenso. — Mal consegui dormir.
— Sim, é estranho.

(Na verdade não é nada estranho, minha cara jovem; há uma explicação extremamente simples para isso. Em primeiro lugar, ele não me deu endereço nenhum. Em segundo, o que provavelmente aconteceu é o seguinte: ele a viu nadando em Estocolmo e pensou: aí está uma garota interessante, eu gostaria de... sim, é isso. E quando voltou à cidade, seis meses depois, descobriu seu endereço e localizou sua rua, mas não teve tempo de ir até lá.)

— Não quer se sentar? Hoje o dia está quente demais para se ficar de pé.

Martin Beck sentou-se enquanto ela afastava a bolsa de nylon. Dentro havia duas coisas que ele reconheceu: o maiô de duas peças azul-marinho e a máscara verde de borracha. Havia também uma toalha de banho enrolada e um frasco de óleo bronzeador.

(Martin Beck, o detetive nato e famoso observador, constantemente ocupado em fazer observações inúteis e armazená-las para uso futuro. Nem mesmo tem minhocas na cabeça, pois elas não conseguiriam entrar, com tanta porcaria no meio do caminho.)

— Está esperando o barco também?
— Estou — respondeu ele. — Mas provavelmente vamos para locais diferentes.
— Não tenho nada de especial para fazer. Estava pensando em ir para casa, é claro.

— Foi nadar?
(A arte da dedução.)
— Sim, claro. Por que a pergunta?
(Boa pergunta.)
— O que você e seu namorado fizeram hoje?
(Mas que diabos eu tenho a ver com isso? Ora, é só uma técnica de interrogatório.)
— Tetz? Já foi embora. Mas ele não é meu namorado.
— Ah, não?
(Extremamente intelectual.)
— É só um conhecido meu. Fica no hotel de vez em quando. É um cara legal.

Ari deu de ombros. Martin Beck olhou para os pés dela: pequenos e largos, com dedos retos.

(Martin Beck, o incorruptível, mais interessado no tamanho do pé de uma mulher do que na cor de seus mamilos.)

— Ahã. E agora você está indo para casa?
(Técnica para minar resistências.)
— Bem, pensei em ir. Mas não tenho nada de especial para fazer nessa época de verão. O que o senhor vai fazer?
— Não sei.
(Pelo menos dessa vez ele falou a verdade.)
— Já visitou o Monte Gellert, para apreciar a vista? Onde tem o Memorial da Libertação?
— Não.
— Dá para ver a cidade inteira de lá, como se estivesse numa bandeja.
— Humm.
— Por que não vamos, então? Talvez esteja correndo uma brisa lá em cima.
— Por que não? — respondeu Martin Beck.
(Bem, sempre é possível se divertir.)

— Então vamos pegar o barco que está chegando. De qualquer forma, o senhor pegaria esse mesmo.

O barco se chamava *Ifjugárda* e provavelmente tinha sido construído a partir do mesmo design do vapor no qual Martin Beck tinha viajado na véspera. Os ventiladores, porém, eram diferentes e a chaminé lhe pareceu um pouco retesada para a popa.

Ficaram de pé no parapeito. O barco deslizou suavemente para o meio do curso, em direção à Ponte Margareth. Quando estavam sob o arco, a jovem disse:

— A propósito, qual é seu nome?

— Martin.

— O meu é Ari. Mas você já sabia, não? Seja lá como isso aconteceu.

Martin Beck não respondeu, mas algum tempo depois perguntou:

— O que quer dizer este nome, Ifjugárda?

— Guarda da juventude.

A vista do alto do Memorial da Libertação fazia jus à sua fama; na verdade, ia bem além dela. E havia uma brisa suave lá em cima também. Tinham ido de barco até a última parada, em frente ao famoso hotel Gellert, e depois caminharam um pouco ao longo de uma rua nomeada em homenagem a Béla Bártok Por fim, pegaram um ônibus que, lenta e laboriosamente, os levou até o topo da montanha.

Permaneceram diante da muralha que cercava os monumentos. Abaixo deles estava a cidade, com centenas de milhares de janelas brilhando ao sol do fim de tarde. Estavam tão próximos um do outro que Martin Beck sentiu um leve toque quando Ari moveu o corpo. Pela primeira vez em cinco dias, ele se permitia pensar em outra coisa que não fosse Alf Matsson.

— Lá está o museu onde trabalho, naquele canto — observou ela. — Fica fechado durante o verão.

— Ah.
— Além disso, estudo na universidade.
— Ah-hã.

Desceram a pé ao longo de trilhas sinuosas que cruzavam a colina até o rio, lá embaixo. Depois atravessaram a ponte nova e, de repente, viram-se em frente ao hotel de Martin Beck. O sol estava atrás das montanhas, no noroeste, e uma luz crepuscular macia e suave se derramava sobre o rio.

— Bem, e o que fazemos agora? — perguntou Ari Boeck. Reteve-o levemente pelo braço e balançou o corpo alegremente enquanto caminhavam ao longo do cais.

— Podíamos conversar sobre Alf Matsson — disse Martin Beck.

A jovem dirigiu-lhe um rápido olhar de reprovação, mas sorriu no instante seguinte:

— Sim, por que não? Como ele é? Vocês são muito amigos?
— Não, de jeito nenhum. Eu só... ele é só um conhecido.

Àquela altura, Martin Beck estava quase convencido de que ela dizia a verdade e de que a vaga ideia que o levara à casa em Újpest tinha sido uma pista falsa. *Mas é um vento ruim que não traz nada de bom*, pensou.

Agora Ari estava meio agarrada ao seu braço e ziguezagueava com os pés, o que fazia com que seu corpo se movesse para a frente e para trás.

— Que tipo de barco é esse? — perguntou ele.
— Faz cruzeiros à luz da lua; sobe o rio, contorna a ilha Margaret e volta. Leva uma hora e custa quase nada. Acha que devemos embarcar?

Subiram a bordo e logo em seguida o barco zarpou, deslizando suavemente na correnteza escura. De todos os tipos de barcos a motor já construídos, nenhum se movimenta tão agradavelmente quanto os que contam com rodas de pás.

Ficaram acima da ponte de comando e viram as praias da costa deslizarem bem do lado deles. A jovem inclinou-se muito de leve em sua direção. Nesse momento, Martin Beck sentiu com toda intensidade o que já tinha percebido antes: Ari não estava usando sutiã sob o vestido.

Um pequeno conjunto musical tocava no convés da popa; algumas pessoas dançavam.

— Quer dançar? — perguntou ela.

— Não — respondeu Martin Beck.

— Que bom. Eu também não acho muita graça nisso. — Um momento depois, acrescentou: — Mas posso dançar, se necessário.

— Eu também — completou Martin Beck.

O barco passou pela ilha Margaret e por Újpest antes de virar e retornar em silêncio, deslizando na direção sul, ao sabor da corrente. Ficaram atrás da chaminé por um momento e espiaram pelas escotilhas abertas. O motor pulsava calmamente; a tubulação de cobre cintilava, e a corrente de ar, quente e oleosa, subia na direção deles.

— Já esteve nesse barco antes? — perguntou ele.

— Sim, muitas vezes. É a melhor coisa a se fazer nessa cidade numa noite quente.

Martin Beck não sabia direito quem era aquela mulher nem o que pensava dela. E isso, acima de tudo, o irritava.

O barco passou pelo edifício colossal do Parlamento — sobre cuja cúpula brilha hoje, discretamente, uma estrelinha vermelha — e fez deslizar sua chaminé abaixada sob a ponte, que ostentava grandes leões de pedra. Em seguida, deslocou-se rumo ao lugar de onde partira.

Enquanto desciam a rampa de desembarque, Martin Beck percorreu o cais com os olhos. Sob o poste de luz, ao lado da bilheteria, estava o homem alto, com seu cabelo negro penteado para trás. Usava novamente o terno azul e o encarava. No minuto seguinte, o homem deu meia-volta e desapareceu com passos leves atrás do abrigo. A jovem seguiu o olhar de Martin Beck e subitamente, mas com cuidado, pôs sua mão esquerda na mão direita dele.

— Você viu aquele homem? — perguntou Beck.
— Vi — respondeu a jovem.
— Sabe quem é?
A jovem fez que não com a cabeça.
— Não! Você sabe?
— Não, ainda não.

Ao menos uma vez naquele dia, Martin Beck sentiu fome. Não tinha almoçado, e o horário do jantar no hotel logo terminaria.

— Gostaria de jantar comigo?
— Onde?
— No hotel.
— Posso entrar lá nesses trajes?
— Com certeza — respondeu. E quase acrescentou: *Não estamos na Suécia agora.*

Ainda havia um bom número de pessoas no salão de jantar e também ao longo da balaustrada lá fora, perto das janelas abertas. Enxames de insetos dançavam em torno das lâmpadas.

— Mosquitinhos — disse ela. — Não mordem. Quando desaparecem é sinal de que o verão acabou. Sabia disso?

A comida estava excelente, como sempre, assim como o vinho. A jovem estava evidentemente com fome e comia com um apetite saudável e jovial. Depois ficou em silêncio, ouvindo a música. Fumaram na hora do café e beberam uma espécie de *cherry brandy* que também tinha gosto de chocolate. Quando pousou o cigarro no cinzeiro, Ari tocou levemente a mão direita de Martin Beck com a ponta dos dedos, como que por acidente.

Pouco depois repetiu esse movimento, e Beck sentiu o pé dela contra seu tornozelo; tinha, evidentemente, tirado a sandália.

Após algum tempo, a jovem afastou o pé e a mão e foi ao toalete.

Martin Beck massageou longamente a raiz dos cabelos com os dedos da mão direita. Em seguida inclinou-se sobre a mesa e pegou a sacola de nylon, que estava numa cadeira do seu lado. Enfiou a mão, desdobrou o maiô e sentiu-o; estava completamente seco, mesmo nas costuras e no elástico. Tão seco que provavelmente não tinha tido contato com a água nas últimas 24 horas. Enrolou-o novamente, devolveu a bolsa à cadeira e mordeu o nó de um dedo. Claro que sua descoberta não significava necessariamente alguma coisa. Ainda assim, estava se comportando como um idiota.

Ari Boeck voltou e sentou-se, sorrindo para ele. Cruzou as pernas, acendeu outro cigarro e pôs-se a ouvir a melodia vienense.

— Que linda música — disse.

Martin Beck concordou.

O salão de jantar começou a se esvaziar; os garçons se reuniam em grupos e conversavam. Os músicos encerraram o concerto da noite com *Danúbio azul*. A jovem consultou o relógio.

— Preciso ir para casa.

Martin Beck pensou por um instante. No andar de cima havia um barzinho, uma espécie de clube noturno que tocava jazz, mas ele odiava aquele tipo de lugar com tanta intensidade que somente a missão mais desafiadora do mundo poderia fazê-lo ir até lá. Bem, talvez fosse exatamente esse o caso.

— Como vai para casa? — perguntou. — De barco?

— Não, o último já partiu. Vou de bonde. Na verdade, é mais rápido.

Beck continuou a pensar. Em toda sua simplicidade, aquela situação estava um tanto complicada. Não sabia por quê.

Optou por não fazer nem dizer nada. Os músicos foram embora, exaustos. A moça consultou novamente o relógio.

— Melhor eu ir agora.

O recepcionista da noite cumprimentou-o com uma mesura. O porteiro abriu passagem para eles respeitosamente pela porta giratória.

Estavam de pé na calçada, sozinhos no ar quente da noite. Ari deu um passo curto, de modo a ficar bem de cara com Martin Beck, com a perna entre as dele. Subiu na ponta dos pés e o beijou. E ele sentiu intensamente os seios, o abdome, os quadris e as coxas da moça através do tecido do vestido. Ela mal conseguia alcançá-lo.

— Nossa, como você é alto — disse.

Fez então um movimento leve e flexível e plantou-se de novo firmemente no chão, a mais ou menos um milímetro dele.

— Obrigada por tudo. Com certeza em breve nos encontraremos de novo. Até.

A garota afastou-se, voltou a cabeça na direção de Martin Beck e acenou com a mão direita. A sacola de nylon com os pertences de natação balançava contra sua perna esquerda.

— Até — despediu-se Martin Beck.

Voltou então ao saguão do hotel, pegou sua chave e subiu para o quarto. Estava abafado lá dentro, e ele abriu a janela toda de uma vez. Tirou a camisa e os sapatos, foi ao banheiro e lavou o rosto e o peito na água fria. Sentiu-se mais idiota do que nunca.

— Devo estar completamente doido — disse consigo mesmo. — Sorte que ninguém me viu.

Naquele momento ouviu-se uma leve batida na porta. A maçaneta girou e Ari Boeck entrou.

— Passei agachada pela recepção. Ninguém me viu.

A garota fechou rapidamente a porta atrás de si, sem fazer ruído. Deu alguns passos para dentro do quarto, deixou cair a sacola no chão e tirou as sandálias. Martin Beck a encarou. Os olhos dela estavam diferentes, meio enevoados, como se houvesse um véu sobre eles. Curvou-se ligeiramente com os braços cruzados, pegou na barra do vestido com as mãos e tirou-o completamente, com um único e delicado movimento. Não usava nada por baixo. Esse fato, em si, não era tão surpreendente. Ficou óbvio que sempre tomava sol com o mesmo maiô, pois havia áreas bem demarcadas ao longo dos seios e dos quadris, áreas essas que pareciam giz branco, em contraste com o restante da pele bem bronzeada. Os seios eram suaves, brancos e redondos, com bicos grandes, rosados e cilíndricos, como boias de ancoragem. O pelo negro que crescia entre as coxas também era bem demarcado: um triângulo que ocupava uma parte considerável da tira retangular e branca da pele. O pelo era crespo, grosso e duro, como se estivesse eletrificado. A área em torno dos mamilos era circular e marrom-clara. Parecia um morango escuro e simétrico.

Os anos deprimentes na Divisão da Moral Pública tinham tornado Martin Beck imune a provocações desse tipo. E mesmo que aquilo talvez não fosse uma provocação no sentido exato do termo, ainda assim considerou a situação mais fácil de administrar do que a que o havia deixado irritado no salão de jantar, meia hora atrás. Antes que a moça tivesse tempo de passar o vestido pela cabeça, Martin Beck pôs a mão em seu ombro e disse:

— Um momento.

Ari baixou um pouco o vestido e olhou-o através da bainha com olhos castanhos e vítreos, que não reagiram nem compreenderam. Tinha tirado o braço esquerdo de dentro do vestido; estendeu-o, agarrou a mão direita do inspetor e deslizou-a devagar entre as pernas. Seu sexo estava inchado e aberto. A secreção vaginal escorreu entre os dedos dele.

— Sinta — disse ela com uma espécie de abandono, muito além do bem e do mal.

Martin Beck soltou-se, esticou o braço, abriu a porta que dava para o corredor do hotel e disse, em seu alemão de sala de aula:
— Por favor, vista-se.

Por um instante a garota permaneceu imóvel, bastante confusa, exatamente como ficara quando ele bateu à sua porta em Újpest. Então obedeceu.

Martin Beck vestiu a camisa, calçou os sapatos, apanhou a sacola de Ari e conduziu-a até o saguão fazendo uma leve pressão em seu braço.

— Chame um táxi — disse ao porteiro da noite.

O táxi chegou quase na mesma hora. Martin Beck abriu a porta, mas quando ia ajudá-la a embarcar, a moça se soltou com veemência.

— Eu pago o táxi — sugeriu ele.

A jovem lhe lançou um olhar. O véu enevoado desaparecera. Ela havia se recuperado. Seus olhos estavam limpos, escuros e cheios de ódio.

— Vá para o inferno — disse. — Em frente, motorista.

Bateu a porta e o táxi arrancou.

Martin Beck olhou em volta. Já passava muito da meia-noite. Caminhou um pouco na direção sul e subiu até a ponte nova, que também estava deserta, a não ser por alguns bondes noturnos. Parou no meio da ponte e curvou-se diante das grades; pôs-se a observar a água, que corria em silêncio. O tempo estava quente, vazio e silencioso. Um lugar ideal para pensar. Como se ele soubesse o que pensar. Após alguns instantes, voltou ao hotel. Ari Boeck tinha deixado cair no chão um cigarro com ponteira vermelha e filtro. Martin Beck pegou-o e acendeu-o. O gosto era desagradável, e ele jogou tudo pela janela.

12

Martin Beck estava de molho na banheira quando o telefone tocou.

Tinha dormido além do horário do café da manhã e resolvera dar uma volta pelo cais antes do almoço. O sol estava mais quente do que nunca; mesmo na beira do rio, o ar não se movia. Quando retornou ao hotel, sentiu mais necessidade de um banho rápido do que de comer; então decidiu que o almoço podia esperar. Agora estava deitado na água morna e ouviu o telefone tocar com três sinais sonoros curtos.

Saiu da banheira, enrolou-se em uma grande toalha de banho e pegou o fone.

— Sr. Beck?

— Sim?

— Por favor, me perdoe por não usar o seu título. Como o senhor entende, trata-se de uma medida puramente... digamos, preventiva.

Era o rapaz da embaixada. Martin Beck desejou saber contra o quê, ou quem, seria a tal "medida preventiva", pois tanto o pessoal do hotel quanto Szluka sabiam que ele era um policial. Mesmo assim, concordou.

— Naturalmente.

— Como estão indo as coisas? O senhor fez algum progresso?

Martin Beck deixou a toalha cair e sentou-se na cama.

— Não — respondeu. Após um breve silêncio, acrescentou: — Falei com a polícia local.

— Acho que foi um movimento particularmente imprudente — disse o homem da embaixada.

— É possível — respondeu Martin Beck. — Mas não pude evitar. Fui visitado por um cavalheiro chamado Vilmos Szluka.

— O major Szluka. O que ele queria?

— Nada. Provavelmente disse a mim mais ou menos a mesma coisa que já tinha dito a você. Que não havia motivos para assumir esse caso.

— Entendi. E o que o senhor pensa em fazer agora?

— Almoçar — respondeu Martin Beck.

— Quero dizer, em relação ao assunto que estávamos discutindo?

— Não sei.

Outro silêncio. Em seguida, o jovem comentou:

— Bem, o senhor sabe para onde ligar se houver algum fato novo.

— Sei, claro.

— Então até logo.

— Até logo.

Martin Beck colocou o fone no gancho, levantou-se e puxou a tampa do ralo da banheira. Depois vestiu-se, desceu, sentou-se sob o toldo na área externa do salão de refeições e pediu o almoço.

Mesmo sob a sombra do toldo fazia um calor bem desconfortável.

Comeu devagar, tomando goles generosos de cerveja gelada. Tinha a desagradável sensação de estar sendo observado; ainda não havia visto o homem alto de cabelo escuro, mas mesmo assim continuava a se sentir sob vigilância.

Olhou as pessoas ao seu redor. Eram os mesmos personagens de sempre que se reuniam para o almoço, a maioria estrangeiros como ele e, em grande parte, hóspedes do hotel. Ouviu alguns fragmentos dispersos de conversas, na maior parte em alemão e húngaro, mas também em inglês e em algum outro idioma que não conseguiu identificar.

De repente ouviu alguém atrás dele dizer claramente, em sueco:

— Biscoitos de centeio.

Virou-se e viu duas senhoras, inegavelmente suecas, sentadas no salão principal, ao lado da janela.

Ouviu uma delas dizer:

— Sim, sempre trago alguns comigo. E papel higiênico, porque é sempre tão ruim no exterior! Isso quando tem.

— É verdade — disse a outra. — Eu lembro que uma vez, na Espanha...

Martin Beck desistiu de escutar aquela conversa tipicamente sueca e dedicou-se inteiramente a tentar descobrir qual, entre aqueles que estavam à sua volta, era sua sombra. Por um longo tempo suspeitou de um homem que passava da meia-idade e estava sentado um pouco distante dele, de costas, e que olhava o tempo todo em sua direção, por cima dos ombros. Isso até o momento em que o homem levantou-se e pegou um cachorrinho bem fofo que esteve todo o tempo sentado, escondido, em seu colo e desapareceu na esquina do hotel, levando o animal.

Quando Martin Beck acabou de comer e já tinha tomado sua xícara daquele café forte, grande parte da tarde se fora. Estava exaustivamente quente, mas mesmo assim Beck caminhou um pouco pela cidade, tentando se manter à sombra o tempo todo. Tinha descoberto que a delegacia de polícia ficava a apenas algumas quadras do hotel e não teve dificuldade em encontrá-la. Nas escadas onde, segundo Szluka, a chave do apartamento de Alf Matsson tinha sido encontrada, havia um patrulheiro com uniforme cinza-azulado, de pé, enxugando o suor da testa.

Martin Beck contornou a delegacia de polícia e tomou outro caminho até o hotel, sempre com a sensação desagradável de estar sendo seguido. Sensação, aliás, bastante nova para ele.

Durante seus 23 anos de polícia, muitas vezes vigiou pessoas suspeitas e tornou-se a sombra delas. Mas só agora conseguia compreender realmente como a pessoa se sente com uma sombra atrás de si o tempo todo. Entendia como era estar sendo permanentemente observado e vigiado, como era ter qualquer movimento seu registrado, como era lidar com a ideia de que havia alguém escondido em algum lugar nas proximidades, seguindo cada um de seus passos.

Martin Beck subiu até seu quarto e ficou lá o restante do dia, aproveitando a temperatura relativamente amena. Sentou-se à mesa com uma folha de papel à sua frente e uma caneta na mão para tentar fazer algum tipo de resumo do que sabia sobre o caso Alf Matsson.

Ao final, rasgou o papel em pedacinhos, que descartou no vaso sanitário. O que sabia era tão infinitesimal que lhe pareceu simplesmente tolice escrever. Teria de se esforçar para manter tudo em sua mente. Na verdade, pensou, não sabia mais do que caberia no cérebro de um camarão.

O sol se pôs e coloriu o rio de vermelho. O breve crepúsculo transformou-se, imperceptivelmente, numa escuridão aveludada. Com o escuro vieram as primeiras brisas frescas, que desceram a montanha e chegaram até o rio.

Martin Beck chegou à janela e viu a superfície da água ser agitada pela leve brisa da noite. Um homem estava de pé ao lado de uma árvore, bem debaixo de sua janela. Um cigarro brilhou no escuro, e o investigador julgou reconhecer o sujeito alto e moreno. De alguma forma era um alívio encontrá-lo ali parado; estava livre da sensação vaga e arrepiante de perceber a presença dele por perto sem vê-lo.

Vestiu um terno, desceu para o salão de refeições e jantou. Comeu o mais devagar possível e bebeu duas *barack pálinkas* antes de retornar ao seu quarto.

A brisa da noite tinha ido embora, o rio estava negro e brilhante, e o calor estava tão sufocante lá fora quanto dentro do quarto.

Martin Beck deixou as janelas e persianas abertas; afastou as cortinas. Depois despiu-se e caiu na cama, que rangeu.

13

O calor, quando é muito intenso, quase sempre se torna mais difícil de ser tolerado depois que o sol se põe. Qualquer pessoa acostumada ao calor conhece a rotina e, por isso, fecha as janelas, as persianas e puxa as cortinas. Como a maioria dos escandinavos, Martin Beck não possuía tais instintos. Tinha aberto as cortinas e as janelas de par em par; agora estava deitado de costas, à espera do ar fresco que nunca chegava. Acendeu o abajur ao lado da cama e tentou ler, mas a iniciativa não funcionou muito bem. Tinha uma caixa de pílulas para dormir no banheiro, mas não estava muito disposto a fazer uso desse expediente. O dia anterior havia se passado sem que tivesse realizado qualquer avanço em relação ao caso; consequentemente, Beck tinha todas as razões do mundo para tentar permanecer alerta e, de alguma forma, produzir resultados no dia seguinte. Se tomasse o remédio, ficaria perambulando em transe a manhã inteira. Isso ele sabia havia muito tempo.

Levantou da cama e foi se sentar ao lado da janela aberta. A diferença de temperatura era desprezível: não havia o menor indício de vento, nem mesmo uma brisa quente, vinda das estepes húngaras, onde quer que estivessem. A própria cidade parecia ter dificuldade de respirar, como se estivesse em coma, inconsciente em relação ao calor. Depois de algum tempo, um bonde amarelo e solitário apareceu do outro lado do rio. Passou devagar pela Ponte Elizabeth, e o som das rodas contra os trilhos ecoou fortemente sob o arco da ponte, antes de o bonde se afastar e cruzar o rio. Apesar da distância, Martin Beck pôde ver que estava vazio. Há 23 horas, ele próprio estava no alto daquela ponte, tentando entender seu estranho encontro com a mulher de Újpest. Não tinha sido um lugar ruim.

Vestiu a calça e a camisa e saiu. A recepção estava vazia. Na rua, um grande Skoda deu partida e seguiu, devagar e relutante, até dobrar a esquina. Os casais de namorados nos carros são iguais no mundo inteiro. Martin Beck caminhou ao longo da beira do cais. Passou por alguns barcos adormecidos, pela estátua do poeta húngaro Petöfi e depois subiu até a ponte. Estava bem silenciosa e deserta, como na noite anterior, e bastante iluminada, ao contrário de muitas das ruas da cidade. Parou mais uma vez no meio da ponte, com os cotovelos no parapeito, e ficou olhando a água. Um barco-reboque passou por baixo dele. Bem mais atrás vinha a carga: quatro balsas compridas, amarradas duas a duas. Deslizavam em silêncio, com todas as luzes apagadas. Como uma grande sombra, mais escura que a noite.

Depois de caminhar alguns metros, ouviu um leve eco de seus próprios passos em algum ponto da silenciosa ponte. Continuou caminhando; foi um pouco mais longe e ouviu novamente o eco. Era como se o som demorasse um pouco mais que o normal para se propagar. Ficou parado e imóvel por um longo tempo, tentando escutar, mas não ouviu nada. Depois caminhou a passos rápidos por uns 18 metros e parou de repente. O som veio de novo; e dessa vez Martin Beck também achou que ele chegou tarde demais aos seus ouvidos para ser um eco de verdade. Caminhou o mais silenciosamente possível até o outro lado da ponte e olhou novamente: tudo estava profundamente quieto. Nada se mexia. Um bonde do lado de Peste subiu a ponte e inviabilizou qualquer outra observação. Martin Beck continuou a caminhada pela ponte. Evidentemente, estava sofrendo de mania de perseguição; se alguém tivesse a energia e os recursos para vigiá-lo àquela hora da noite, certamente só poderia ser a polícia. Com isso o problema estaria, em grande parte, resolvido. A menos que...

Martin Beck estava quase no fim da ponte, abaixo do monte Gellert, quando o bonde passou por ele, chacoalhando. Um passageiro solitário dormia com a boca aberta, encostado numa das janelas.

Chegou aos degraus que levavam ao cais, no lado sul da ponte, e começou a descê-los. Em meio ao som quase dissipado do bonde, ele pensou ter ouvido o ruído de um carro que parava em algum lugar próximo, mas não conseguiu determinar a que distância ou em que direção.

Chegara ao cais. Seguiu rápida e silenciosamente na direção sul, afastando-se da ponte, e parou no ponto em que a escuridão era mais profunda. Virou-se, ficou totalmente imóvel e pôs-se a escutar. Não era possível ver ou ouvir nada. Era muito provável que não houvesse ninguém na ponte, mas não podia ter certeza disso. Se alguém o houvesse seguido desde o outro lado, poderia facilmente ter chegado ao fim da ponte e descido até o cais pelo lado norte. Martin Beck sabia que ninguém, além dele, tinha descido os degraus do lado sul.

Os discretos sons que agora podiam ser ouvidos vinham do tráfego, bem distante dali. Na vizinhança imediata, fazia-se completo silêncio. Martin Beck sorriu na escuridão. Estava quase convencido de que ninguém o seguira, mas o jogo o divertia e, em seu íntimo, desejou que houvesse algum sujeito confuso, no escuro, do outro lado da ponte. Ele próprio conhecia a rotina de trás para a frente, e sabia que qualquer pessoa que tivesse descido pelo outro lado não poderia correr o risco de cruzar a ponte e descer os degraus do lado sul. Debaixo da ponte havia duas vias paralelas que se estendiam ao longo do cais; a pista da direita ficava quase dois metros acima do próprio cais, que, por sua vez, tinha um declive em relação ao rio, com degraus. As duas ruas eram separadas por um muro baixo. Mais acima havia também um túnel que passava pelas fundações da ponte.

Mas nenhum desses caminhos estava acessível para quem quer que o estivesse seguindo, partindo do pressuposto de que essa pessoa sabia qual era o trabalho de Martin Beck. Qualquer tentativa de passar por baixo da ponte significaria que essa pessoa ficaria de costas para a luz e, consequentemente, correria o risco de ser imediatamente identificada. Portanto, só restava uma alternativa: contornar o pilar da ponte num amplo semicírculo, passar por várias rampas de acesso e seguir até o cais, o mais ao sul possível. Mas isso levaria algum tempo, ainda que o homem se arriscasse a correr. E durante esse tempo, a pessoa que vinha sendo seguida — neste caso, o inspetor Martin Beck, de Estocolmo — teria tempo de desaparecer em praticamente qualquer direção que escolhesse.

Mas era improvável, porém, que alguém o tivesse seguido. Além disso, Martin Beck havia pensado em andar na direção norte, ao longo do rio, e retornar ao hotel pela próxima ponte. Com isso, deixou seu posto de observação, protegido pela escuridão, e continuou a caminhar junto ao muro de pedra, dois metros acima do cais. Das duas avenidas, escolheu a da direita. Passou por debaixo da ponte e seguiu em frente. Na margem oposta, o hotel estava todo escuro, exceto por dois retângulos estreitos de luz. Mais precisamente, as janelas de seu próprio quarto. Sentou-se sobre o muro baixo de pedra e acendeu um cigarro. Casas grandes, construídas na virada do século XIX, ladeavam a rua. À frente delas havia carros estacionados. Todas as janelas estavam fechadas e escuras. Martin Beck sentou-se, imóvel, e pôs-se a escutar o silêncio. Ainda estava alerta, mas sem ter consciência disso.

Do outro lado da rua, ouviu o barulho de um motor de carro sendo ligado. O policial percorreu com os olhos a fila de carros estacionados, mas não conseguiu localizar o barulho. O motor começava a pegar devagar, fazendo ruído. Isso continuou por uns trinta segundos. Em seguida, Martin Beck ouviu o carro funcionando. O pisca-alerta se acendeu. Mais de cinquenta metros à frente, um carro saiu das sombras. Veio em sua direção, mas do outro lado da rua e extremamente devagar. Era um Skoda verde-escuro, que Martin Beck tinha a sensação de já ter visto antes. O carro se aproximou. O policial continuou imóvel no muro de pedra e o seguiu com os olhos. Ao chegar quase no ponto em que ele estava sentado, o carro começou a virar para a esquerda, como se o motorista fosse fazer a volta na rua. Mas não a completou: o veículo se movia ainda mais devagar do que antes e ia diretamente para cima de Martin Beck. Ficou óbvio que alguém queria encontrá-lo, mas essa abordagem foi espantosa. Era muito pouco provável que a ideia fosse atropelá-lo; pelo menos não àquela velocidade. Além disso, ele poderia se colocar em segurança atrás do muro num segundo, se necessário. Se ninguém estivesse escondido no banco de trás, havia apenas uma pessoa no carro.

Martin Beck apagou o cigarro. Não teve nem um pingo de medo, mas estava muito curioso para ver o que ia acontecer.

O Skoda verde parou com o motor ligado e a roda direita da frente contra o meio-fio, a apenas três metros dele. O motorista acendeu os faróis e de repente tudo foi inundado pela luz. Mas apenas por alguns segundos; logo depois os faróis se apagaram de novo. A porta do carro se abriu e um homem saiu para a calçada.

Martin Beck já o vira com frequência suficiente para reconhecê-lo de imediato, apesar do efeito ofuscante da luz. O homem alto com o cabelo escuro penteado para trás. Estava de mãos vazias. Deu um passo à frente. O motor do carro roncava devagar.

Nesse momento Martin Beck percebeu alguma coisa. Não uma sombra, nem mesmo um som. Apenas um pequeno movimento no ar, bem atrás dele. Tão discreto que somente a quietude da noite o tornava perceptível.

Soube então que não estava mais sozinho no muro, e que o carro tinha sido usado para distrair sua atenção enquanto alguém, em silêncio, vinha do cais e se erguia até o muro de pedra.

No mesmo momento deu-se conta, de forma clara e penetrante, de que aquilo não era apenas perseguição, nem um jogo; era algo mortalmente sério. Mais que isso; era a morte mesmo. O fim para ele, e não por acaso, mas de forma fria, calculada e premeditada.

Martin Beck não era bom lutador, mas tinha reflexos admiráveis. No exato momento em que sentiu o leve movimento, abaixou a cabeça, pôs o pé na beira do muro, pegou impulso, contorceu o corpo e se inclinou para trás, tudo num só movimento rápido. O braço que se dirigia à sua garganta foi pressionado com força contra o osso do nariz e as sobrancelhas antes de escorregar para sua testa. Sentiu um hálito quente e surpreso contra seu rosto e percebeu o brilho fugaz da lâmina de uma faca, que já tinha errado o alvo e agora se afastava dele. Martin Beck caiu de costas no cais; o ombro esquerdo bateu com força no calçamento de pedra. Rolou para ganhar tempo, se possível, para se equilibrar e ficar de pé. Na parede viu duas figuras com as silhuetas contra o céu estrelado. Em seguida era só uma e, enquanto ele ainda tinha um dos joelhos sobre a calçada de pedra, o homem da faca voltou a atacá-lo. Seu braço esquerdo ficara temporariamente paralisado após a queda, mas por um ou dois segundos a claridade ficou a seu favor: ele próprio estava mais na escuridão, enquanto o outro homem se recortava contra as luzes ao fundo. Seu atacante errou e, um segundo depois, Beck deu um jeito de agarrar o pulso direito do homem. Não foi uma boa pegada e o pulso era extraordinariamente largo, mas ele segurou firme, perfeitamente consciente de que era sua única chance. Por um décimo de segundo, mais ou menos, conseguiu se levantar e percebeu que o outro homem era mais baixo que ele, ainda que consideravelmente mais largo. De forma mecânica, aplicou um dos antiquíssimos golpes que aprendera na academia de polícia e conseguiu jogar seu oponente no chão. A única coisa errada foi que ele não se arriscou a soltar a mão que detinha a faca e, com isso, foi ao chão também. Rolaram uma vez e agora estavam bem próximos da beira do cais, onde começavam os degraus que iam dar na água. A paralisia de seu braço direito tinha cedido, e Beck conseguiu agarrar o outro pulso do homem. Mas seu oponente era forte e conseguiu se soltar devagar. Um chute forte na cabeça o lembrou de que não era apenas física, mas numericamente inferior. Agora estava caído de costas, tão perto das escadas que sentiu o primeiro degrau com o pé. O homem da faca ofegava pesadamente contra seu rosto, cheirando a suor, loção de barba e pastilhas para garganta. E começou lenta, mas incansavelmente, a soltar sua mão direita.

Martin Beck sentiu que era o fim — ou que estava bem perto disso. Descargas elétricas se chocavam na névoa pulsante; seu coração parecia inchar cada vez mais, como um tumor prestes a explodir. Sua cabeça latejava como uma máquina de perfuração de poços. Pensou ter ouvido bramidos terríveis, tiros, gritos cortantes. Viu o mundo submergir numa inundação de luz branca que obliterava todas as formas de vida. Seu último pensamento consciente foi de que iria morrer ali num cais, numa cidade estrangeira, exatamente como devia ter ocorrido com Alf Matsson, sem sequer saber por quê.

Como um último esforço e um último reflexo, Martin Beck agarrou o pulso direito do outro homem com as mãos enquanto movia os pés e se jogava, assim como a seu oponente, da beira do cais. Bateu com a cabeça no segundo degrau e perdeu a consciência.

Martin Beck abriu os olhos após um lapso de tempo que lhe pareceu enorme — e que, de qualquer forma, deve ter sido bem grande. Tudo estava banhado de luz branca. Beck estava de costas, com a cabeça para o lado e a orelha direita contra o pavimento de pedra. A primeira coisa que viu foi um par de sapatos pretos muito bem engraxados, que quase preencheram seu campo de visão. Virou a cabeça e olhou para cima.

Szluka, de terno cinza e ainda com aquele ridículo chapéu de caçador na cabeça, inclinou-se sobre ele:

— Boa noite.

Martin Beck se apoiou em um dos ombros. Toda aquela luz vinha dos faróis de dois carros de polícia, um no cais e outro que fora levado até o muro de pedra, na rua de cima. A uma distância de uns três metros de Szluka estava um policial com capacete e visor, botas pretas de couro e uniforme azul-acinzentado. Segurava um cassetete preto na mão direita e olhava pensativamente para a pessoa estendida aos seus pés. Era Tetz Radeberger, o homem que brincara com o maiô de Ari Boeck na casa dela, em Újpest. Estava deitado de costas, profundamente inconsciente, com sangue na testa e no cabelo louro.

— O outro — disse Martin Beck. — Onde está?

— Foi alvejado — respondeu Szluka. — Na perna, naturalmente.

Várias janelas se abriram nas casas ao longo da rua; as pessoas espiavam o cais, curiosas.

— Não se mexa — aconselhou Szluka. — A ambulância chegará logo.

— Não precisa — disse Martin Beck, começando a se levantar.

Exatos três minutos e quinze segundos tinham se passado desde que se sentara no muro de pedra e sentira aquele leve movimento atrás do pescoço.

14

O carro era azul e branco, ano 1962, modelo Warszawa. Tinha uma luz azul que piscava no teto, e a sirene soava como um lamento suave e melancólico pelas ruas vazias, à noite. A palavra RENDÖRSÉG, pintada em letras de forma na faixa branca que cruzava a porta da frente, queria dizer polícia.

Martin Beck estava no banco de trás. Ao seu lado, um oficial uniformizado. Szluka estava sentado no banco da frente, à direita do motorista.

— Saiu-se muito bem — elogiou ele. — Jovens um tanto perigosos, esses dois.

— Quem pôs Radeberger fora de combate?

— Está bem do seu lado — respondeu Szluka.

Martin Beck virou-se. O policial tinha um bigode preto fino, olhos castanhos e um olhar simpático.

— Só fala húngaro — esclareceu Szluka.

— Qual é o nome dele?

— Foti.

Martin Beck estendeu a mão ao oficial.

— Obrigado, Foti.

— Teve de ser bem duro com eles — disse Szluka. — Não havia muito tempo.

— Que sorte ele estar por perto — comentou Martin Beck.

— Geralmente estamos por perto — retrucou Szluka. — Exceto nos desenhos animados.

— A base deles é em Újpest — disse Martin Beck. — Um albergue na Venetianer út.

— Estamos sabendo. — Szluka ficou em silêncio por um momento e em seguida perguntou: — Como teve contato com eles?

— Por intermédio de uma mulher de sobrenome Boeck. Alf Matsson tinha pedido o endereço dela. E ela esteve em Estocolmo, competindo como nadadora. Podia haver uma conexão. Foi por isso que a procurei.

— E o que ela disse?

— Que estava na faculdade e trabalhava num museu. E que nunca tinha ouvido falar de Matsson.

Tinham chegado à delegacia de polícia na Deák Ferenc Tér. O carro entrou num pátio de concreto e parou. Martin Beck seguiu Szluka até sua sala. Era bem espaçosa; a parede estava coberta com um grande mapa de Budapeste, mas fazia lembrar sua própria sala, em Estocolmo. Szluka pendurou o chapéu de caçador e indicou uma cadeira. Começou a abrir a boca, mas antes que pudesse dizer qualquer coisa o telefone tocou. Foi até a mesa e atendeu. Martin Beck achou que podia ouvir uma verdadeira torrente de palavras do outro lado. O telefonema prosseguiu por um longo tempo. Ocasionalmente, Szluka respondia com monossílabos. Após certo tempo, olhou o relógio, explodiu numa fala rápida e irritada e pôs o fone no gancho.

— Minha mulher — disse.

Foi até o mapa e estudou a parte norte da cidade, de costas para o visitante.

— Ser policial não é uma profissão — prosseguiu. — E também não é uma vocação, com certeza. É uma maldição. — Pouco depois voltou-se: — Claro que não acredito nisso. Só penso nisso às vezes. É casado?

— Sou.

— Então você entende.

Um policial uniformizado entrou e colocou na mesa uma bandeja com duas xícaras de café, que ambos tomaram. Szluka consultou o relógio de novo.

— Estamos revistando o lugar nesse momento. O relatório deve chegar logo.

— Como vocês conseguiram estar por perto então? — Martin Beck quis saber.

Szluka respondeu com a mesma frase que usara no carro.

— Geralmente estamos por perto. — Sorriu. — Foi aquilo que você disse sobre estar sendo seguido. Não éramos nós que o estávamos seguindo. Por que faríamos isso?

Martin Beck coçou o nariz com um leve peso na consciência.

— As pessoas imaginam muitas coisas — prosseguiu Szluka.
— Mas você é um policial, é claro, e os policiais dificilmente fazem isso. Então começamos a vigiar o homem que estava na sua cola. *Backtailing*, como diziam os americanos, se bem me lembro. Essa tarde nosso homem viu que havia dois sujeitos seguindo você. Achou aquilo estranho e deu o alarme. Simples assim.

Martin Beck assentiu. Szluka o olhou, pensativo.

— No entanto, tudo foi tão rápido que quase não chegamos a tempo. — Ele terminou de beber o café e pousou a xícara na mesa. — *Backtailing* — repetiu, saboreando a palavra. — Já esteve na América?

— Não.

— Eu também não.

— Trabalhei com eles num caso há dois anos. Com um sujeito chamado Kafka.

— Parece tcheco.

— No caso de uma turista americana que foi assassinada na Suécia. História feia. Investigação complicada.

Szluka ficou em silêncio por um momento. Depois disse, abruptamente:

— E como foi?

— Bem — respondeu Martin Beck.

— Só li a respeito da polícia americana. Eles têm uma organização bem peculiar. Difícil de entender.

Martin Beck concordou.

— E muito que fazer — ajuntou Szluka. — Acontecem mais assassinatos em Nova York em uma semana do que em nosso país inteiro em um ano.

Um policial uniformizado, com duas estrelas no peito, entrou na sala. Discutiu alguma coisa com Szluka, saudou Martin Beck e saiu. Enquanto a porta ainda estava aberta, Ari Boeck passou pelo corredor, acompanhada de uma policial feminina. Usava o mesmo vestido branco e as mesmas sandálias da véspera, mas tinha um xale sobre os ombros. Lançou um olhar insípido e vago em direção a Martin Beck.

— Nada importante em Újpest — informou Szluka. — Apreendemos o carro. Quando Radeberger vier e o outro estiver recuperado, vamos tratar do caso deles. Tem muita coisa que eu ainda não entendo. — Ficou em silêncio, hesitante. — Mas as coisas vão se esclarecer em breve.

O telefone tocou, e Szluka ficou ocupado por um tempo. Martin Beck não entendeu nada da conversa, a não ser as palavras "Svéd" e "Svédország", que apareciam aqui e ali, e que sabia que significavam "sueco" e "Suécia".

O húngaro pôs o fone no gancho:

— Isso deve ter algo a ver com seu compatriota, Matsson.

— Sim, é claro.

— A garota mentiu para você: não estuda na universidade nem trabalha num museu. Na verdade, aparentemente não faz nada. Foi suspensa da natação competitiva porque não soube se comportar.

— Deve haver alguma conexão.

— Sim, mas onde? Bom, logo veremos.

Szluka deu de ombros. Martin Beck virou o corpo machucado. Os ombros e braços doíam; a cabeça estava longe do normal. Sentia-se muito cansado e com dificuldade de pensar; no entanto, não queria ir para o hotel, para a cama, fazer tudo igual.

O telefone tocou de novo. Szluka ouviu com expressão desanimada, mas em seguida seus olhos brilharam.

— As coisas começaram a acontecer — disse ele. — Encontramos algo. E um dos homens, o mais alto, está bem agora. A propósito, chama-se Fröbe. Você vem junto?

O policial sueco começou a se levantar.

— Ou talvez você queira descansar um pouco...

— Não, obrigado — respondeu Martin Beck.

15

Szluka sentou-se atrás da mesa, com as mãos parcialmente cruzadas à sua frente e um passaporte verde debaixo do cotovelo direito.

O homem alto sentado na cadeira diante dele tinha olheiras profundas e escuras. Martin Beck sabia que ele não havia dormido muito nas últimas 24 horas. O homem estava com as costas eretas, olhando para as mãos.

Szluka fez um sinal à estenógrafa e começou.

O homem ergueu o olhar e o encarou.

— Seu nome?

— Theodor Fröbe.

SZLUKA: Data de nascimento?

FRÖBE: 22 de abril de 1936, em Hanover.

SZ: E o senhor é um cidadão da Alemanha Ocidental. Vive lá?

F: Em Hamburgo. Hermannstrasse, 12.

SZ: Qual é a sua profissão?

F: Guia turístico. Ou, melhor dizendo, funcionário de uma agência de viagens.

SZ: Onde você trabalha?

F: Numa agência chamada Winkler's.

SZ: Onde mora, em Budapeste?

F: Num albergue em Újpest. Na Venetianer út, 6.

SZ: E por que está em Budapeste?

F: Represento a agência de viagens e tomo conta de grupos que viajam daqui para outros lugares, e vice-versa.

SZ: Hoje, mais cedo, você e um homem chamado Tetz Radeberger foram pegos em flagrante atacando um homem em Groza

Peter Rakpart. Vocês dois estavam armados e sua intenção de ferir ou matar o homem era óbvia. Conhece esse homem?
F: Não.
Sz: Já o viu antes?
F: ...
Sz: Responda à pergunta!
F: Não.
Sz: Não o conhece?
F: Não.
Sz: Você não o conhece, nunca o viu antes e não sabe quem ele é. Então por que o atacou?
F:...
Sz: Diga por que o atacou!
F: A gente... precisava de dinheiro e...
Sz: E?
F: Então a gente viu o cara lá no cais e...
Sz: Está mentindo. Por favor, não minta para mim. Não é uma boa ideia. O ataque foi planejado e vocês estavam armados. Além disso, está mentindo quando diz que nunca o viu antes. Você vem seguindo esse homem há dois dias. Por quê? Responda!
F: Pensamos que era outra pessoa.
Sz: Quem?
F: Que nos devia dinheiro.
Sz: Então vocês o seguiram e o atacaram?
F: Isso.
Sz: Já avisei uma vez. É extremamente insensato da sua parte mentir para mim. Sei exatamente quando está mentindo. Conhece um sueco chamado Alf Matsson?
F: Não.
Sz: Seus amigos Radeberger e Boeck já nos contaram que você o conhece.

F: Conheço muito pouco. Nem me lembrava do nome dele.
Sz: Quando viu Alf Matsson pela última vez?
F: Acho que foi em maio.
Sz: Onde o conheceu?
F: Aqui em Budapeste.
Sz: E você não o viu desde então?
F: Não.
Sz: Há três dias esse homem esteve em seu albergue, perguntando por Alf Matsson. Desde então você o seguiu e, hoje, tentou matá-lo. Por quê?
F: Não tentei matá-lo!
Sz: Por quê?
F: Nós não tentamos matá-lo!
Sz: Mas vocês o atacaram, não foi? E você estava armado com uma faca.
F: Sim, atacamos, mas foi um erro. Não aconteceu nada com ele, não foi? Não ficou ferido, ficou? Não tem o direito de me questionar dessa forma.
Sz: Há quanto tempo conhece Alf Matsson?
F: Há mais ou menos um ano. Não me lembro direito.
Sz: Como se conheceram?
F: Na casa de uma amiga em comum, aqui em Budapeste.
Sz: Qual é o nome dessa amiga?
F: Ari Boeck.
Sz: Encontrou-o várias vezes desde então?
F: Algumas vezes. Não tantas assim.
Sz: Vocês sempre se encontravam em Budapeste?
F: Nos encontramos em Praga também. E em Varsóvia.
Sz: E em Bratislava.
F: Sim.
Sz: E em Constanta?
F: ...

Sz: Não foi?
F: Foi.
Sz: E como aconteceu isso? Por que vocês se encontraram em cidades nas quais nenhum dos dois vivia?
F: Eu viajo muito. É meu trabalho. E ele também viajava muito. Aconteceu nos encontrarmos nesses lugares.
Sz: Por que se encontravam?
F: A gente se encontrou, pronto. Éramos bons amigos.
Sz: Agora você está dizendo que o encontrou ao longo de um ano em pelo menos cinco cidades porque eram bons amigos. Antes disse que o conhecia pouco. Por que não quis admitir que o conhecia?
F: Estava nervoso por ser interrogado. E estou muito cansado. E minha perna dói.
Sz: Ah, sim. Então você está muito cansado. Tetz Radeberger também estava com você quando encontrou Alf Matsson em todos esses lugares diferentes?
F: Sim, trabalhamos para a mesma agência e costumamos viajar juntos.
Sz: E por que será, na sua opinião, que Radeberger não quis admitir, logo de cara, que conhecia Alf Matsson? Quem sabe não estava muito cansado também?
F: Não sei nada sobre esse assunto.
Sz: Sabe onde Alf Matsson está nesse momento?
F: Não, não tenho a menor ideia.
Sz: Quer que eu lhe diga?
F: Quero.
Sz: É, mas não vou dizer. Há quanto tempo trabalha para a agência Winkler's?
F: Há seis anos.
Sz: É um trabalho bem-remunerado?
F: Não muito. Mas quando viajo é tudo de graça: alimentação, hospedagem e passagens.

Sz: Mas o salário não é alto?
F: Não, mas eu me arranjo.
Sz: Parece que sim. Você tem bastante dinheiro, por isso se arranja.
F: O que quer dizer com isso?
Sz: Você tem, na verdade, 1.500 dólares, 830 libras e 10 mil marcos. É muito dinheiro. Onde o conseguiu?
F: Não é da sua conta.
Sz: Responda à pergunta e não use esse tom de voz.
F: Não é da sua conta onde ganho meu dinheiro.
Sz: É possível, e também muito provável, que você não tenha metade do bom senso que pensei que tinha; mas mesmo com pouca inteligência, deveria ver que seria mais prudente responder às minhas perguntas. Então, onde conseguiu esse dinheiro todo?
F: Fiz trabalhos extras e ganhei esse dinheiro ao longo de um bom tempo.
Sz: Que tipo de trabalho você fez?
F: Várias coisas.

Szluka olhou para Fröbe e abriu uma gaveta de sua mesa, de onde tirou um pacote enrolado em plástico. O pacote tinha mais ou menos 15 centímetros de comprimento e 10 centímetros de largura. Estava fechado com fita adesiva. Szluka colocou-o sobre a mesa, encarando Fröbe o tempo todo. Os olhos deste último oscilavam na tentativa de evitar olhar para o pacote. Em seguida, Fröbe enxugou as gotículas de suor que começava a surgir em torno do nariz. Então Szluka retomou o interrogatório:

Sz: Ahã... várias coisas. Como, por exemplo, contrabando e venda de haxixe. Ocupação lucrativa, mas não no longo prazo, *Herr* Fröbe.

F: Não sei do que está falando.
Sz: Ah, não? E também não reconhece este pacote?
F: Não, não reconheço. Por que deveria?
Sz: E também não reconhece os 15 pacotes semelhantes que encontramos escondidos nas portas e nos bancos do carro de Radeberger?
F: ...
Sz: Tem uma quantidade considerável de haxixe num pacotinho como esse. Não estamos acostumados com essas coisas por aqui, de modo que, na verdade, não sei quanto isso custaria hoje. Em quanto você aumentaria o seu capital quando vendesse sua pequena mercadoria?
F: Ainda não sei do que está falando.
Sz: Vejo em seu passaporte que costuma viajar com frequência para a Turquia. Esteve lá sete vezes, só este ano.
F: A Winkler's organiza viagens para a Turquia. Como guia de grupos, tenho que viajar para lá com muita frequência.
Sz: Sim. E é muito conveniente para você, não? Na Turquia o haxixe é relativamente barato e bem fácil de conseguir. Não é verdade, Sr. Fröbe?
F: ...
Sz: Se preferir não dizer nada, pior para você. Já temos provas suficientes e também uma testemunha.
F: Então aquele sueco safado me dedurou!
Sz: Exatamente.
F: Sueco bandido, filho da puta!
Sz: Talvez você agora saiba que não adianta nada prolongar isso por mais tempo. Comece logo a falar, Fröbe! Quero ouvir toda a história, com todos os fatos que conseguir se lembrar: nomes, datas, números. Pode começar me dizendo desde quando trafica narcóticos.

Fröbe fechou os olhos e caiu para um lado, despencando da cadeira. Martin Beck o viu esticar a mão antes de cair no chão, totalmente prostrado.

Szluka levantou e fez um sinal para a estenógrafa, que fechou o caderno de anotações e sumiu da sala.

O inspetor olhou para o homem caído no chão.

— Está blefando — disse Martin Beck. — Não desmaiou.

— Eu sei — concordou Szluka. — Mas vou deixá-lo descansar um pouco antes de continuar.

Foi até Fröbe e cutucou-o com a ponta do sapato.

— Levanta, Fröbe.

Fröbe não se mexeu, mas suas pálpebras tremeram. Szluka foi até a porta, abriu-a e gritou alguma coisa no corredor. Um policial entrou, e o inspetor lhe disse alguma coisa. Em seguida, o policial pegou Fröbe pelo braço.

— Não fique aí caído atravancando tudo, Fröbe — disse Szluka. — Vamos arrumar uma cama para você. É bem mais confortável.

Fröbe levantou e olhou ofendido para o inspetor húngaro. Depois saiu mancando atrás do policial. Martin Beck observou-o enquanto saía.

— Como está a perna dele?

— Não corre perigo. Foi só um ferimento superficial. Não é comum precisarmos atirar, mas quando é necessário, fazemos isso com precisão.

— Então era esse o negócio deles. Tráfico de haxixe — comentou Martin Beck. — Gostaria de saber o que fizeram com o outro.

— Com Alf Matsson? Espero que a gente consiga arrancar isso deles. Mas é melhor esperar até que estejam um pouco mais descansados. Você mesmo deve estar exausto. — Szluka sentou-se à sua mesa. De fato, Martin Beck estava muito cansado.

Já era manhã. Sentia-se dolorido. — Vá para o hotel e durma algumas horas. Ligo para você mais tarde. Vá até a porta da frente; vou mandar um carro levar você.

Martin Beck não fez qualquer objeção. Apertou a mão de Szluka e saiu. Ao fechar a porta, ouviu-o falar ao telefone.

O carro já o esperava quando chegou à entrada da delegacia.

16

A mulher da limpeza tinha estado em seu quarto e havia apagado a luz, além de ter fechado as persianas. Martin Beck nem se deu ao trabalho de abri-las novamente. Agora sabia que não haveria um homem alto e escuro lá fora, vigiando sua janela.

Acendeu a luz do teto e se despiu. A cabeça e o braço esquerdo doíam. Olhou-se no espelho comprido do guarda-roupa. Tinha um machucado grande acima do joelho direito; seu ombro esquerdo, além de inchado, estava todo roxo. Passou a mão pela cabeça e sentiu um grande galo na parte de trás. Não conseguiu encontrar outros ferimentos.

A cama lhe pareceu macia, limpa e convidativa. Apagou a luz e mergulhou entre os lençóis. Ficou deitado de costas por algum tempo e tentou pensar, enquanto olhava para a luz de cabeceira. Em seguida apagou-a, virou para o lado e adormeceu.

Eram quase duas da tarde quando acordou com o telefone. Era Szluka.

— E aí, dormiu?

— Dormi.

— Ótimo. Pode vir para cá?

— Posso. Agora?

— Vou mandar um carro que deve chegar em meia hora. Assim está bem?

— Está. Daqui a meia hora estarei lá embaixo.

Tomou um banho de chuveiro, vestiu-se e abriu as persianas. O sol resplandecia, e a luz forte atingiu seus olhos em cheio. Fitou na direção do cais, do outro lado do rio. A noite anterior lhe parecia irreal e remota.

O carro o esperava, com o mesmo motorista de antes. Encontrou sozinho a sala de Szluka e bateu antes de abrir a porta e entrar.

Szluka estava sozinho, sentado à sua mesa com uma resma de papéis e a indispensável xícara de café à sua frente. Fez sinal para Martin Beck e indicou a mesma cadeira em que Fröbe estivera sentado na véspera. Em seguida levantou o fone do gancho, disse alguma coisa e recolocou-o no lugar.

— Como se sente? — perguntou, voltando-se para Martin Beck.

— Bem. Consegui dormir. E você? Como vão as coisas?

Um policial entrou e colocou duas xícaras de café sobre a mesa. Depois pegou a xícara vazia de Szluka e saiu.

— Agora conseguimos terminar. Tenho tudo aqui — disse o húngaro, pegando a resma de papéis.

— E Alf Matsson? — perguntou Martin Beck.

— Bem, esse é o único ponto que ainda não está claro. Não consegui nada ainda. Os dois insistem em dizer que não sabem onde ele está.

— Mas ele fazia parte da quadrilha?

— Sim, de certa forma. Era o intermediário. Tudo era organizado por Fröbe e por Radeberger. A garota era usada como uma espécie de sede para o negócio todo. A Boeck, seja lá qual for seu primeiro nome.

Szluka remexeu em seus papéis.

— Ari — disse Martin Beck. — Aranka.

— Sim, Ari Boeck. Fröbe e Radeberger já vinham contrabandeando haxixe da Turquia há algum tempo antes de conhecê-la. Ao que parece, os dois tiveram um relacionamento com ela. Após algum tempo, chegaram à conclusão de que poderiam usá-la de outra forma e lhe contaram sobre o negócio dos narcóticos. A jovem não fez objeção em se juntar a eles. Os dois moraram com ela quando ela se mudou para Újpest. Parece ser uma criatura bem livre na vida.

— Sim. Imagino que sim.

— Radeberger e Fröbe iam à Turquia como guias de turismo. Lá conseguiam o haxixe, que é bem barato e fácil de obter, e o contrabandeavam para a Hungria. Era relativamente fácil, sobretudo porque os dois eram guias turísticos e tinham de lidar com toda a bagagem dos grupos. Ari Boeck fazia contato com os intermediários e ajudava a vender as drogas aqui em Budapeste. Tetz Radeberger e Fröbe também viajavam para outros países, como Polônia, Tchecoslováquia, Romênia e Bulgária, e compravam haxixe para abastecer os intermediários.

— E Alf Matsson era um deles? — perguntou Martin Beck.

— Sim, Alf Matsson era um dos intermediários. Havia alguns outros, que vinham da Inglaterra, da Alemanha e da Holanda. Vinham para cá ou iam para algum outro país do Leste Europeu, onde se encontravam com Radeberger e Fröbe. Pagavam em moedas ocidentais, libras, dólares ou marcos, e recebiam o haxixe, que levavam para seu país de origem e revendiam.

— Então quer dizer que todo mundo lucrava bastante com o negócio, a não ser aqueles que, no final da cadeia, compravam a droga para uso próprio. É estranho que tenham conseguido levar isso tão longe e por tanto tempo sem serem descobertos.

Szluka levantou-se e cruzou a sala em direção à janela. Ficou lá um tempo, com as mãos nas costas, olhando para a rua. Depois voltou ao seu lugar e sentou-se novamente.

— Não. Na verdade, não é tão estranho assim. Desde que nenhuma parte da droga fosse vendida aqui ou em qualquer país socialista, exceção feita aos intermediários, eles tinham todas as chances de ficar impunes. Quanto aos países capitalistas envolvidos, eles não acreditam que haja qualquer coisa de valor que possa ser contrabandeada dos países do Bloco Oriental. Portanto, o controle da alfândega é praticamente nenhum para os viajantes que vêm desses lugares. Por outro lado, se os dois tentassem encontrar mercado para seus produtos aqui, logo seriam apanhados. Mas isso também não valeria a pena para eles. O que querem mesmo é moeda ocidental.

— Devem ter ganhado muito dinheiro — observou Martin Beck.

— Sim. Mas os intermediários também ganhavam muito. A coisa toda era organizada de maneira muito profissional, na verdade. Se você não tivesse vindo parar aqui à procura de Alf Matsson, poderia ter levado muito tempo para a gente descobrir tudo isso.

— E o que eles têm a dizer sobre Alf Matsson?

— Bem, admitiram que era o intermediário deles na Suécia. Num período de um ano, tinha comprado uma quantidade considerável de haxixe das mãos deles. Mas continuam a sustentar que não o veem desde maio, quando esteve aqui para pegar um lote. Não conseguiu tudo o que queria na época, mas faria contato com Ari Boeck novamente em breve. Dizem que combinaram de encontrá-lo aqui em Budapeste há umas três semanas, mas que ele nunca apareceu. E alegam que o material escondido no carro estava sendo guardado para ele.

Martin Beck ficou em silêncio por um momento. Em seguida, disse:

— Alf Matsson pode ter discutido com eles por alguma razão e ameaçado denunciá-los. Podem ter ficado com medo e sumido com ele. Da mesma forma como tentaram se livrar de mim ontem.

Foi a vez de Szluka ficar em silêncio. Pouco depois, Martin Beck continuou em tom baixo, como se falasse consigo mesmo.

— É o que deve ter acontecido.

Szluka levantou-se e ficou andando pela sala.

— E o que eu também pensei que tinha acontecido.

Ele ficou em silêncio novamente e parou na frente do mapa.

— E o que você acha agora? — perguntou Martin Beck.

Szluka se virou e olhou para ele.

— Não sei. Pensei que talvez você quisesse conversar com um deles. Esse Radeberger. O que lutou com você ontem à noite. É bem falante, e tenho a impressão de que é estúpido demais para mentir bem. Gostaria de interrogá-lo? Talvez se saia melhor do que eu.

— Sim, por favor. Eu gostaria muito de interrogá-lo, sim.

17

Tetz Radeberger entrou na sala. Estava vestido como na noite anterior: pulôver, calça fina de Dacron com elástico na cintura e sapatos de tecido leves, com solado de borracha. Vestido para matar. Parou ao cruzar a porta e fez uma reverência. O policial que o escoltava deu-lhe um leve cutucão nas costas.

Martin Beck fez um gesto em direção à cadeira do outro lado da mesa e o alemão se sentou. Em seus olhos, de um azul profundo, havia uma expressão ansiosa e hesitante. Tinha uma bandagem na testa e um inchaço azulado próximo à raiz dos cabelos. Fora isso, parecia bem, forte e praticamente intacto.

— Vamos falar sobre Alf Matsson — disse Martin Beck.

— Não sei onde ele está — retrucou imediatamente Radeberger.

— É possível. Mas vamos falar sobre ele mesmo assim.

Szluka tinha colocado à disposição um gravador, que estava à direita da mesa. Martin Beck esticou a mão e ligou-o. O alemão vigiava de perto seus movimentos.

— Quando foi a primeira vez que se encontrou com Alf Matsson?

— Há dois anos.

— Onde?

— Aqui em Budapeste. Num lugar chamado Ifjuság. Uma espécie de albergue para jovens.

— Como o conheceu?

— Através de Ari Boeck. Ela trabalhava lá. Isso foi muito antes de ela se mudar para Újpest.

— E o que aconteceu?

— Nada de especial. Theo e eu tínhamos acabado de chegar da Turquia. Havíamos organizado viagens para turistas de lá, para resorts na Romênia e na Bulgária. E trouxemos alguma coisinha conosco de Istambul.

— Nessa época vocês já tinham começado a traficar drogas?

— Só um pouco. Para nosso próprio consumo, por assim dizer. Mas a gente não usava com tanta frequência. Agora nem usamos mais. — Fez uma breve pausa. — Não faz bem.

— E por que usavam na época?

— Para conquistar mulheres, essas coisas. É bom para elas. Elas ficam... mais... propensas...

— E Matsson? Onde ele entra nisso?

— Oferecemos alguma coisa para ele fumar. Não estava muito interessado; o negócio dele era basicamente álcool. — Pensou um pouco e completou, de maneira tola: — Isso também não faz bem.

— Vocês venderam narcóticos para Matsson naquele momento?

— Não, mas ele pegou um pouco. A gente não tinha muito. O interesse dele cresceu quando contamos como era fácil comprar em Istambul.

— E já tinham pensado em traficar em grande escala?

— Já tínhamos falado sobre isso. Mas havia a dificuldade de introduzir a droga nos países onde valia a pena vendê-la.

— Onde, por exemplo?

— Escandinávia, Holanda e na minha terra natal, a Alemanha. Nesses países a alfândega está sempre em alerta, especialmente quando sabem que a pessoa vem de lugares como a Turquia. Ou do norte da África e da Espanha, pelo mesmo motivo.

— E Alf Matsson se ofereceu para ser o intermediário?

— Sim. Disse que, quando alguém chega do Leste Europeu, o pessoal da alfândega demonstra pouco interesse em sua bagagem, principalmente quando vem de avião. Para nós não era difícil trazer a mercadoria da Turquia para cá, por exemplo; afinal, somos guias turísticos. Mas a partir daqui, não conseguíamos ir muito longe. Os riscos eram enormes. E aqui não dá para vender. Seríamos apanhados, e, de qualquer modo, não vale a pena. — Radeberger refletiu um momento sobre esse ponto. — Não queríamos ser apanhados.

— Posso imaginar. Fizeram algum acordo com Matsson, então?

— Fizemos. Ele teve uma boa ideia. Deveríamos nos encontrar em lugares diferentes, que fossem convenientes para Theo e para mim. A gente avisava e ele ia até a cidade, pela revista. Era um bom disfarce. Parecia algo inocente.

— E como ele pagava vocês?

— Em dólares, em dinheiro vivo. Era um bom plano e, naquele verão, montamos nossa organização. Conseguimos outros intermediários, um alemão que conhecemos em Praga e...

Esse era o departamento de Szluka. Martin Beck o interrompeu:

— Onde você disse que se encontrou com Matsson a seguir?

— Em Constanta, na Romênia, três semanas depois. Tudo correu muito bem.

— E a Srta. Boeck estava junto também?

— Ari? Não, para que ela serviria?

— Mas ela sabia o que vocês estavam fazendo?

— Sabia, pelo menos em parte.

— Quantas vezes vocês se encontraram todos juntos com Matsson?

— Dez, talvez quinze. Funcionava muito bem. Ele sempre pagava o que pedíamos e deve ter lucrado muito também.

— Quanto acha que ele lucrou?

— Não sei, mas sempre tinha muito dinheiro.

— E onde ele está agora?
— Não sei.
— Não sabe mesmo?
— É verdade, não sei mesmo. Nos encontramos aqui em maio, quando Ari se mudou para Újpest. Ele ficou no albergue. Pegou um lote. Disse que tinha um mercado grande e decidimos que deveríamos nos encontrar aqui no dia 23 de julho.
— E aí?
— Viemos para cá no dia 23. Era uma quinta-feira. Mas ele não apareceu.
— Mas ele estava aqui em Budapeste. Veio no dia 22, à noite, e deixou o hotel na manhã do dia 23. Onde vocês iriam se encontrar?
— Em Újpest, na casa de Ari.
— Então ele esteve lá no dia 23 de manhã?
— Não, estou dizendo. Não apareceu. Nós esperamos, mas ele não foi. Depois ligamos para o hotel, mas não estava lá.
— Quem ligou?
— Theo e eu; Ari também. Nos revezamos.
— E ligaram de Újpest?
— Não. De lugares diferentes. Ele não apareceu... Ficamos lá plantados esperando.
— Em outras palavras, você alega que não o viu mais desde que veio aqui da outra vez?
— Sim.
— Vamos fingir que eu acredito. Você não esteve com Matsson. Mas isso não impede que Fröbe ou que a Srta. Boeck tenham feito contato com ele, impede?
— Não, mas eu sei que não fizeram isso.
— E como você sabe?

A expressão de Radeberger começou a denunciar um leve desespero. Ele suava muito. Estava muito quente na sala.

— Agora escute — disse ele. — Não sei o que você acha, mas aquele outro policial parece acreditar que a gente se livrou dele. Mas por que faríamos isso? Nós ganhávamos dinheiro com o cara, muito dinheiro.

— E vocês davam dinheiro à Srta. Boeck também?

— Mas é claro. Ela ajudava nos negócios e recebia sua parte. O suficiente para que não precisasse trabalhar.

Martin Beck encarou o homem por um longo tempo. Por fim, perguntou:

— Você o matou?

— Não, estou dizendo! Acha que ficaríamos aqui por três semanas com todo aquele estoque se tivéssemos feito isso? — Sua voz se tornara estridente e tensa.

— Você gostava de Alf Matsson?

O homem pestanejou por um instante.

— Por favor, responda quando eu fizer uma pergunta — advertiu Martin Beck, muito sério.

— Claro.

— Ao que parece, a Srta. Boeck teria dito, quando foi interrogada, que nem você nem Theo Fröbe gostavam de Matsson.

— Ele ficava insuportável quando bebia. E... nos desprezava por sermos alemães. — Lançou um olhar azul e suplicante para Martin Beck. — E isso não é justo, não acha?

Fez-se uma pausa silenciosa. Tetz Radeberger não gostou disso. Mexia as mãos e puxava nervosamente as articulações dos dedos.

— A gente não matou ninguém — completou. — Não somos esse tipo de gente.

— Você tentou me matar ontem à noite.

— Aquilo foi diferente.

O homem falou tão baixo que suas palavras saíram quase inaudíveis.

— Em que sentido?
— Era nossa única chance.
— Chance de quê? De serem enforcados? Ou de passarem o resto da vida na prisão?

O alemão lançou-lhe um olhar arrasado.

— Bem, de qualquer modo você vai acabar na prisão agora — continuou Martin Beck, amigável. — Já esteve lá antes?
— Sim, na minha terra.
— Bem, o que quis dizer quando falou que a única chance de vocês era me matar?
— Não percebe? Quando você veio até Újpest e estava com o passaporte de Matsson, primeiro achamos que ele não tinha conseguido vir e tinha mandado você no lugar. Mas você não disse nada e não parecia ser o tipo de pessoa para aquele negócio. Então pensamos que Matsson podia ter sido pego e ter entregado a gente. Mas não sabíamos quem você era. Já estávamos aqui há vinte dias, com um carregamento grande dando sopa por aí, e estávamos ficando nervosos com isso. Após três dias, teríamos de pedir prorrogação dos nossos vistos. Então Theo seguiu você, viu aonde você foi e...
— Sim, continue.
— Então desmontei o carro e escondi a mercadoria. Theo não conseguia descobrir quem você era, então todos concordamos que Ari deveria fazer isso. No dia seguinte, Theo o seguiu até a piscina. De lá, ligamos para Ari; ela foi e vigiou você. Em seguida, Theo o viu com aquele cara. Depois, seguiu o cara e o viu entrar na delegacia de polícia. Então ficou óbvio. Esperamos toda a tarde e a noite; nada aconteceu. Então deduzimos que você não tinha dito nada, pois do contrário a polícia já teria nos localizado. Então Ari voltou para casa durante a noite.
— E o que ela descobriu?

— Não sei, mas com certeza descobriu alguma coisa. Disse apenas: "Acaba com aquele safado, e rápido." Estava de muito mau humor. Entrou no quarto dela e bateu a porta com força.

— Ah, foi?

— No dia seguinte vigiamos você o tempo todo. Estávamos numa situação crítica. Precisávamos mantê-lo calado antes que fosse à polícia. Não tivemos a menor chance e quase desistimos, até você sair, à noite. Theo o seguiu pela ponte e eu fui com o carro pela outra ponte, Lanc-híd. Depois trocamos de posição. Theo não teve coragem. E eu sou o mais forte. Sempre cuidei bem do meu corpo. — Ele fez uma pausa por um instante e completou em tom de apelo, quase um pedido de desculpas: — Não sabíamos que você *era* a polícia.

Martin Beck permaneceu em silêncio.

— Você é policial?

— Sim, sou policial. Mas vamos voltar a Alf Matsson. Você disse que o conheceu através da Srta. Boeck. Eles se conheciam há muito tempo?

— Há um bom tempo. Ari tinha feito parte de alguma equipe de atletas de natação que foi à Suécia e o conheceu lá. Depois foi proibida de nadar profissionalmente, mas ele sempre a procurava quando vinha aqui.

— Matsson e a Srta. Boeck são bons amigos?

— Muito amigos.

— Costumam ter relações íntimas?

— Você quer dizer se dormem juntos? Claro.

— Você também dorme com a Srta. Boeck?

— Claro, quando tenho vontade. Theo também. Ari é ninfomaníaca. Não há muita coisa a fazer sobre isso. É óbvio que Matsson dormia com ela quando estava aqui. Uma vez nós três dormimos com ela no mesmo quarto. Ari topa qualquer coisa nessa linha. Fora isso, é uma boa menina.

— Como assim, "boa"?

— Sim, faz tudo que a gente manda. Desde que a gente trepe com ela de vez em quando. Agora quase não faço mais isso. Na verdade, não é bom fazer sexo demais. Theo está sempre pronto para ela. Por isso não tem energia para nada.

— Alguma vez discutiu com Matsson?

— Por causa de Ari? Ela não vale o esforço.

— Nem por outras razões?

— Não por causa de negócios. O cara era bom nisso.

— E por outros motivos?

— Uma vez ele arrumou uma confusão tão grande que tive que dar um soco nele. Vivia bêbado, é claro. Ari pegou-o pela mão e o acalmou. Isso foi há muito tempo.

— Onde você acha que Matsson está agora?

Radeberger balançou a cabeça, sem saber o que fazer.

— Não sei. Aqui, em algum lugar?

— Sabe se tinha outros contatos na cidade?

— Só sei que chegava, pegava o carregamento e pagava. E também fazia algum tipo de artigo para a revista, para deixar tudo bem transparente. Três ou quatro dias depois, voltava para a Suécia.

Martin Beck ficou em silêncio durante um tempo, olhando para o homem que havia tentado matá-lo.

— Acho que por enquanto é suficiente. — Desligou o gravador.

O alemão, claro, ainda tinha alguma coisa em mente.

— Olha, sobre aquele negócio de ontem... pode me perdoar?

— Não. Não posso. Até logo.

E fez sinal para um policial, que se levantou, pegou Radeberger pelo braço e conduziu-o ao corredor. Martin Beck observou atentamente o louro teutônico.

— Um momento, *Herr* Radeberger. Isso não tem nada a ver comigo, pessoalmente. Ontem você tentou matar uma pessoa para salvar a própria pele. Planejou o melhor que pôde o assassinato, e não foi por sua culpa que não deu certo. Isso não é apenas ilegal; é também a quebra de uma regra básica da vida e de um importante princípio. E por isso é imperdoável. Pense nisso.

Martin Beck rebobinou a fita, colocou-a no lugar e voltou a Szluka.

— Acho que provavelmente tem razão. Talvez não tenham matado o homem, afinal.

— Não — concordou Szluka. — Não me parece que tenham feito isso. Temos todas as fronteiras controladas agora, à procura dele.

— Nós também.

— Sua missão já se tornou oficial?

— Não que eu saiba.

Szluka coçou a nuca.

— Estranho — disse.

— O quê?

— Que a gente não o tenha localizado.

Meia hora depois, Martin Beck retornou ao hotel. Já estava na hora do jantar. O crepúsculo se debruçava sobre o Danúbio e, do outro lado do rio, viu nitidamente o cais, o muro de pedra e os degraus.

18

Martin Beck tinha acabado de se vestir e estava a caminho do salão de refeições quando o telefone tocou.

— É de Estocolmo — informou a telefonista. — O Sr. Eriksson.

O nome lhe era familiar; tratava-se do superior de Alf Matsson, o editor-chefe da agressiva revista semanal. Ouviu uma voz pomposa do outro lado da linha.

— Estou falando com Beck, não? Aqui é Eriksson, editor-chefe da revista.

— Aqui é o inspetor Beck.

O homem ignorou a resposta e continuou.

— Bem, como você provavelmente já tem conhecimento, sei tudo sobre sua missão. Na verdade, eu o coloquei nela. E tenho boas relações com o Escritório de Assuntos Estrangeiros também.

Então seu repulsivo xará também não tinha sido capaz de ficar de boca fechada.

— Ainda está na linha?

— Estou.

— Talvez devamos ter mais cuidado com o que falamos, se entende o que quero dizer. Mas primeiro preciso perguntar: encontrou o homem que estamos procurando?

— Matsson? Não, ainda não.

— Nenhuma pista?

— Não.

— Absolutamente ninguém ouviu falar dele?

— É isso.

— Bem, como posso dizer... Como está o clima aí?
— Está quente. Com nevoeiro pela manhã.
— O que disse? Nevoeiro pela manhã? Sei, acho que entendi. Sim, exatamente. Agora, porém, acho que chegou a hora em que não podemos mais manter esse fato em sigilo. Sim, porque o que aconteceu é totalmente incrível e pode levar a coisas terríveis. Temos grande responsabilidade por Matsson pessoalmente também. É um dos nossos melhores jornalistas, um homem excelente, completamente honesto e leal. Eu o tenho na minha equipe há alguns anos, e, portanto, sei do que estou falando.
— Onde?
— Do que está falando?
— Você diz que o tem onde mesmo?
— Ah, isso. Na minha equipe. A gente chama de equipe editorial. Sei do que estou falando. Apostaria minha vida por esse homem, e isso torna minha responsabilidade ainda maior.

Martin Beck pensava em outra coisa. Tentava imaginar como seria a aparência de Eriksson. Provavelmente um homenzinho gordo, arrogante, com olhos de suíno e barba avermelhada.

— Então hoje decidi publicar nosso primeiro artigo sobre o caso Alf Matsson na edição da próxima semana. Na próxima segunda-feira, sem mais delongas. Chegou o momento de chamar a atenção do público para essa história. Só queria mesmo saber se você tinha encontrado qualquer pista dele, como disse.

— Acho que você deve pegar seu artigo e... — Martin Beck se deteve bem a tempo e completou: — ... jogá-lo na lixeira.

— O quê? O que foi que disse? Não entendi.

— Pois leia os jornais amanhã — disse Martin Beck e desligou.

Aquela conversa havia acabado com seu apetite. Pegou a garrafa e se serviu de um uísque puro. Em seguida sentou-se e começou a pensar. Estava de mau humor, com dor de cabeça, e ainda por cima tinha sido descortês. Mas não era em nada disso que estava pensando.

Alf Matsson tinha ido para Budapeste no dia 22 de julho. Havia passado pelo serviço de controle de passaportes. Pegou um táxi até o hotel Ifjuság e hospedou-se lá por uma noite. Alguém da recepção deve tê-lo atendido. Na manhã do dia seguinte, 23 de julho, mudou-se, ainda de táxi, para o hotel Duna, onde ficou por mais ou menos meia hora. Por volta das dez da manhã, saiu. As pessoas da recepção o viram. Depois disso, até onde se sabia, ninguém mais vira ou falara com ele. A única pista que deixou foi a chave do seu quarto de hotel. Que, de acordo com Szluka, fora encontrada nos degraus da delegacia de polícia.

Partindo do pressuposto de que Fröbe e Radeberger estavam dizendo a verdade, Alf Matsson não compareceu ao local de reunião em Újpest e, consequentemente, os dois não tiveram condições de raptá-lo ou matá-lo. Por alguma razão desconhecida, o homem tinha virado fumaça.

As informações que tinha em mãos eram extremamente fracas, mas, apesar de tudo, era o que havia para se trabalhar.

Cinco pessoas haviam tido contato com Alf Matsson em solo húngaro e, portanto, poderiam ser consideradas testemunhas.

Um oficial do serviço de passaportes, dois motoristas de táxi e dois recepcionistas de hotéis.

Se alguma coisa totalmente inesperada tivesse acontecido a ele — se, por exemplo, tivesse sido atacado, raptado ou morto num acidente, ou mesmo se tivesse enlouquecido — os testemunhos dessas pessoas seriam inúteis. Por outro lado, se o homem tivesse ficado "invisível" por sua livre e espontânea vontade, elas poderiam ter observado algum detalhe em sua aparência e em seu comportamento que poderia ser importante para a investigação.

Martin Beck havia tido contato pessoalmente com duas dessas testemunhas hipotéticas. Considerando as barreiras do idioma, porém, não estava certo de ter conseguido explorá-las ao máximo. Nem os motoristas de táxi nem o funcionário do serviço de passaportes puderam ser localizados. E mesmo que ele os encontrasse, talvez não tivesse condições de conversar com eles.

O único material substancial que tinha em mãos era o passaporte de Alf Matsson e sua bagagem. Nenhum deles lhe revelou coisa alguma.

Esse era o resumo do caso. Extremamente deprimente; no que dizia respeito ao trabalho do inspetor Martin Beck, a investigação tinha terminado num total beco sem saída. Se, apesar de tudo, o desaparecimento do jornalista estivesse ligado à quadrilha de traficantes — e era muito difícil acreditar que não tivesse sido assim —, Szluka esclareceria as coisas mais cedo ou mais tarde. Neste caso, o melhor suporte que Beck poderia dar à polícia húngara seria voltar para casa, acionar a Divisão de Narcóticos e ajudar a desenrolar a parte sueca do caso.

Martin Beck tomou uma decisão e transformou-a em ação por meio de dois telefonemas. O primeiro foi para o jovem bem-vestido da Embaixada da Suécia.

— O senhor conseguiu encontrá-lo?

— Não.

— Nada de novo, em outras palavras.

— Matsson era um traficante de drogas. A polícia húngara procura por ele. De nossa parte, divulgaremos uma descrição via Interpol.

— Mas que situação desagradável!

— É mesmo.

— E o que isso quer dizer, para o senhor?

— Que volto para meu país, se for possível conseguir uma permissão. Gostaria que me ajudasse com isso.

— Pode ser difícil, mas farei tudo o que puder.
— Por favor, faça sim. É muito importante.
— Ligo para o senhor amanhã cedo.
— Muito obrigado.
— Até logo. Apesar de tudo, espero que tenha aproveitado bem esses poucos dias.
— Sim, foi ótimo. Até logo.

Em seguida ligou para Szluka, que estava na delegacia de polícia.

— Volto para a Suécia amanhã.
— Ah, sim. Tenha uma boa viagem.
— Você receberá nosso relatório em algum momento.
— E você o nosso. Ainda não encontramos Matsson.
— Está surpreso?
— Muito. Francamente, nunca vi uma situação como essa. Mas vamos encontrá-lo em breve.
— Já verificou nos campings?
— Estamos verificando. Leva algum tempo. A propósito, Fröbe tentou se matar.
— E aí?
— Não conseguiu, é claro. Primeiro meteu a cabeça na parede e ganhou um galo. Providenciei a transferência dele para o departamento psiquiátrico. O médico diz que é maníaco-depressivo. A questão é se teremos que liberar a garota da mesma forma.
— E Radeberger?
— Está bem. Pergunta se na cadeia tem sala de ginástica. E tem.
— Posso perguntar uma coisa?
— Vá em frente.
— Sabemos que Matsson teve contato com cinco pessoas aqui em Budapeste entre a noite de sexta-feira e a manhã de sábado.

— Dois recepcionistas de hotel e dois motoristas de táxi. Onde encontramos a quinta pessoa?

— O funcionário do serviço de controle de passaportes.

— Bom, não apareço em casa há 36 horas. Então, quer que o interroguemos?

— Quero sim. Que diga tudo que se lembra. O que o homem disse, como se comportou, que roupa usava.

— Entendi.

— Pode conseguir que o relatório seja traduzido para o inglês ou alemão e que seja enviado por correio aéreo para Estocolmo?

— Por telex é melhor. De qualquer forma, talvez haja tempo de entregá-lo antes de sua partida.

— Vai ser difícil. Devo partir por volta das onze horas.

— Somos famosos por nossa agilidade. A mulher do ministro do Comércio teve a bolsa roubada no estádio Nep no outono passado. Pegou um táxi até aqui para fazer a ocorrência. Quando chegou, recebeu sua bolsa de volta na recepção, lá embaixo. Esse feito nos deixou com uma ótima reputação por um longo tempo. Bem, vamos ver.

— Obrigado, então. E até logo.

— Até logo. Pena que não houve tempo para nos encontrarmos um pouco mais informalmente.

Martin Beck fez uma breve pausa para pensar. Depois pediu uma ligação para Estocolmo. O telefonema foi completado em dez minutos.

— Lennart não está — disse a esposa de Kollberg. — Como sempre, não disse para onde ia. "Assunto de trabalho, volto domingo, cuide-se." Foi de carro. Para o inferno com todos vocês, policiais.

Melander foi o próximo. Dessa vez foram apenas cinco minutos para completar a chamada.

— Oi! Estou incomodando?
— Tinha acabado de me deitar.

Melander era famoso por sua memória, por dormir dez horas por noite e por sua singular capacidade de estar constantemente no banheiro.

— Está no caso Matsson? — perguntou o inspetor.
— Estou.
— Descubra o que ele fez na noite anterior à partida para Estocolmo. Em detalhes. Como se comportou, o que disse, que roupa usava.
— Esta noite?
— Amanhã está bom.
— Ahã.
— Até logo, então.
— Tchau.

Martin Beck terminara os telefonemas. Pegou papel, caneta e desceu.

A bagagem de Alf Matsson ainda estava guardada na saleta atrás da recepção.

Martin Beck tirou a capa da máquina de escrever, colocou-a sobre a mesa, inseriu uma folha de papel e começou a datilografar:

Máquina de escrever portátil, marca Erika, com maleta.

Mala marrom-amarelada de couro de porco, com tira, bastante nova.

Abriu a mala e colocou todo o conteúdo também sobre a mesa. E continuou a datilografar.

Camisa xadrez cinza e preto.

Camisa esportiva marrom.

Camisa branca de popeline, recém-lavada, com etiqueta da lavanderia Metro, Estocolmo.

Calça cinza-claro de gabardine, bem-passada.

Três lenços brancos.
Quatro pares de meias nas cores marrom, azul-marinho, cinza-claro e vinho.
Dois pares de cuecas coloridas, xadrez verde e branco.
Uma camisa de baixo de material semelhante ao de meia arrastão.
Um par de sapatos de camurça marrom-claros

Olhou sombriamente para uma peça de roupa estilo cardigã, pegou-a e foi até a garota que estava na recepção. A jovem era muito bonita, de uma forma comum, doce. Era relativamente pequena, bem-constituída; dedos longos, panturrilhas bem-torneadas, tornozelos delicados, alguns fios de pelo negro em suas canelas, coxas longas sob a saia. Não usava anéis. Encarou-a com o ar distraído.

— Como se chama essa coisa? — perguntou Martin Beck, mostrando a peça.

— Uma jaqueta de lã — respondeu a moça.

Martin Beck continuou ali em pé, pensando em alguma coisa. A garota corou e foi para o outro canto da recepção, ajeitando a blusa e puxando o sutiã e a cinta. Beck não entendeu o porquê. Voltou, sentou-se à mesa e datilografou:

Jaqueta de lã azul-escura.
Cinquenta e oito folhas de papel para datilografia,
   tamanho ofício.
Uma borracha para máquina de escrever.
Um barbeador elétrico, marca Remington.
Livro *Nattvandraren*, de Kurt Salomonson.
Estojo de barbear.
Loção de barba, fragrância Tabac.
Tubo de creme dental Squibb, aberto.
Escova de dentes.

Antisséptico bucal, marca Vademecum.
Aspirina com codeína, caixa fechada.
Mil e quinhentos dólares em notas de vinte. Seiscentas coroas suecas em notas de cem, novo tipo.
Lista datilografada na máquina de escrever de Alf Matsson.

Guardou novamente todos os itens na mala, dobrou a lista e saiu. A garota da recepção olhou para ele, confusa. Agora parecia mais bonita do que nunca.

Martin Beck foi para o salão de refeições e saboreou o jantar, ainda com uma expressão distraída no rosto.

O garçom colocou uma bandeira sueca à sua frente. O maestro veio até sua mesa e tocou uma melodia patriótica sueca bem perto de seu ouvido esquerdo. Mas Martin Beck nem pareceu notar.

Bebeu o café de um só gole, pôs uma nota vermelha de cem florins na mesa sem sequer esperar pela conta e subiu imediatamente, para cair na cama.

19

Passava pouco das nove da manhã quando o jovem da embaixada telefonou.

— O senhor está com sorte — disse. — Consegui uma reserva no voo que sai de Budapeste ao meio-dia. O senhor chega a Praga à uma e cinquenta e tem cinco minutos de espera para pegar o voo da SAS para Copenhague.

— Muito obrigado — disse Martin Beck.

— Não foi fácil conseguir em tão pouco tempo. O senhor pode retirar a passagem na loja da Malév? Já tratei do pagamento, portanto é só mesmo retirá-la.

— Naturalmente. Muito obrigado mesmo.

— Tenha um ótimo voo, Sr. Beck. Foi um prazer recebê-lo aqui.

— Obrigado. Até a próxima.

Como previsto, a passagem esperava por ele aos cuidados da mesma beldade de cabelos negros e cacheados com quem ele havia falado três dias antes.

De volta ao seu quarto de hotel, Martin Beck arrumou as malas e ficou algum tempo à janela, fumando e observando o rio. Depois deixou o quarto (em que tinha ficado por cinco dias, e o qual Alf Matsson havia ocupado por meia hora), desceu até a recepção e pediu um táxi. Logo que saiu do hotel, viu um carro azul e branco da polícia se aproximando em alta velocidade. Freou na frente do hotel, e um policial uniformizado, que ele nunca tinha visto antes, desceu e entrou correndo pelas portas giratórias. Martin teve tempo de ver que ele carregava um envelope na mão.

Seu táxi deu a volta e parou atrás do carro da polícia. O porteiro de bigode grisalho abriu a porta de trás. Martin Beck pediu que esperasse e entrou de novo pela porta giratória, ao mesmo tempo que o policial entrava na mesma porta na direção oposta, seguido de perto pela recepcionista. Assim que viu Martin Beck, a jovem acenou e apontou para o policial. Depois de rodarem umas duas vezes pela porta giratória, os três conseguiram afinal se encontrar nas escadarias do hotel, e Martin Beck recebeu o envelope. Entrou no táxi depois de oferecer suas últimas moedas à recepcionista e ao porteiro.

No avião, sentou-se ao lado de um inglês espaçoso e barulhento que se apoiou nele, jogando perdigotos em seu rosto enquanto contava histórias sobre suas atividades completamente desinteressantes como uma espécie de caixeiro-viajante.

Em Praga, Martin Beck mal teve tempo de atravessar o hall cheio de gente para pegar o próximo avião, prestes a levantar voo. Para seu alívio, o inglês expectorante não estava em parte alguma. Quando, por fim, se viu no ar, abriu o envelope.

Szluka e seus homens se esforçaram para fazer jus à sua reputação de rapidez. Tinham interrogado seis testemunhas, e o relatório estava em inglês. Martin Beck leu:

> Resumo do interrogatório das pessoas que, segundo a polícia, sabidamente tiveram contato com o cidadão sueco Alf Sixten Matsson, desde o momento de sua chegada ao aeroporto Ferihegyi, em Budapeste, às dez e quinze da noite do dia 22 de julho de 1966, até seu desaparecimento do hotel Duna, em Budapeste, em hora não determinada, entre dez e onze horas da manhã no dia 23 de julho do mesmo ano.
>
> *Ferenc Havas*, funcionário do setor de controle de passaportes, que estava sozinho em serviço no centro de controle de passaportes do aeroporto Ferihegyi na noite do dia 22 para o dia 23 de julho de 1966, diz que não se lembra de ter visto Alf Matsson.

János Lucacs, motorista de táxi, diz que se lembra de, na noite do dia 22 para o dia 23 de julho de 1966, ter levado um passageiro do aeroporto Ferihegyi para o hotel Ifjuság. De acordo com Lucacs, o passageiro era um homem com idade entre 25 e 30 anos, usava barba e falava alemão. Lucacs, que não fala alemão, entendeu apenas que o homem queria ser levado ao hotel Ifjuság. Lucacs acha que se lembra de o homem ter uma mala, que colocou ao lado de si, no banco de trás do táxi.

Léo Szabo, estudante de medicina, recepcionista noturno do hotel Ifjuság, em serviço na noite de 22 para 23 de julho, lembra-se de um homem que chegou ao hotel bem tarde, em alguma data entre 17 e 24 de julho. Tudo indica que esse homem era Alf Matsson, embora Szabo não se lembre nem da hora exata em que o homem chegou nem de seu nome ou nacionalidade. Segundo Szabo, o homem tinha entre 30 e 35 anos, falava bem inglês e usava barba. Vestia calça clara, paletó azul, provavelmente camisa branca e gravata, e tinha bagagem leve, uma ou duas malas. Szabo não consegue se lembrar de ter visto esse homem em qualquer outra ocasião além daquela.

Béla Péter, motorista de táxi, levou Alf Matsson do hotel Ifjuság ao hotel Duna na manhã do dia 23 de julho. Lembra-se de um jovem de barba castanha e óculos, cuja bagagem consistia em uma mala grande e outra menor, sendo esta última provavelmente a maleta de uma máquina de escrever.

Béla Kovacs, recepcionista do hotel Duna, recebeu o passaporte de Matsson e lhe deu a chave do apartamento 105 na manhã do dia 23 de julho. Segundo Kovacs, Matsson usava calça clara, provavelmente cinza, camisa branca, paletó azul e uma gravata lisa, colorida. Carregava um casaco de cor clara no braço.

Eva Petrovich, recepcionista do mesmo hotel, viu Matsson quando este chegou ao hotel, antes das dez horas da manhã do dia 23 de julho, e quando saiu, mais ou menos meia hora depois. Deu a descrição mais completa de Matsson e sustenta que tem certeza em relação a todos os detalhes, exceto a cor de sua gravata. De acordo com a Srta. Petrovich, Matsson era de altura mediana, tinha olhos azuis, cabelo castanho-escuro, barba, bigode e usava óculos com armação de aço. Vestia calça cinza-claro, uma jaqueta de verão azul-escura, camisa branca, gravata azul ou vermelha e sapatos bege. Trazia no braço um casaco de popeline bege-claro.

Szluka tinha acrescentado algumas palavras:

Como vê, não apuramos muito mais do que já sabíamos. Nenhuma das testemunhas se lembra de nada especial que Matsson tenha feito ou dito. Acrescentei a descrição das roupas que usava quando desapareceu à descrição pessoal que já tinha enviado para o país inteiro. Caso outros fatos venham à tona, informarei imediatamente.
Faça boa viagem!

Vilmos Szluka

Martin Beck releu o resumo feito por Szluka mais uma vez. Perguntou-se se Eva Petrovich era a mesma garota que o havia ajudado a identificar a peça de vestuário estilo cardigã que estava na mala de Alf Matsson. No verso do relatório, escreveu:

> Calça cinza-claro
> Camisa branca
> Jaqueta azul-escura
> Sapatos bege
> Casaco de popeline bege-claro

Depois pegou a lista que tinha feito do conteúdo da mala de Alf Matsson e a releu, antes de guardar tudo em sua valise e fechá-la.

Recostou-se em seu assento e fechou os olhos. Não conseguiu dormir, mas ficou na mesma posição até o avião começar a atravessar as nuvens sobre Copenhague.

Kastrup estava normal. Martin Beck teve que enfrentar uma fila antes de ser direcionado para o hall central, onde pessoas de todas as nacionalidades se acotovelavam em frente aos balcões. Bebeu uma Tuborg no bar para reunir forças antes de enfrentar a desafiante tarefa de recolher sua bagagem.

Passava das três da tarde quando finalmente conseguiu se ver fora do prédio do aeroporto. Uma fila enorme de táxis se estendia no ponto; Martin Beck colocou sua mala no primeiro deles, sentou-se no banco da frente e deu ao motorista o endereço do porto em Dragør.

A balsa, que estava atracada e parecia prestes a zarpar, chamava-se *Drogden* e era uma criação extraordinariamente feia. Martin Beck deixou a mala e a pasta na cafeteria e subiu ao convés, enquanto a balsa deixava o porto rumo à Suécia. Depois do calor que enfrentara em Budapeste nos últimos dias, a brisa no Estreito de Öresund lhe pareceu fria; tanto que, depois de certo tempo, desceu e foi se sentar no café. Havia muita gente a bordo, na maioria donas de casa que tinham ido às compras na Dinamarca.

A viagem durou menos de uma hora e, em Limhamn, Martin Beck conseguiu imediatamente um táxi que o levaria a Malmö. O motorista era falante e se comunicava num dialeto do sul da Suécia que, para ele, soava quase tão incompreensível quanto o idioma húngaro.

20

O táxi parou do lado de fora da delegacia de polícia, na Davidhallstorg. Martin Beck saltou, subiu os degraus amplos e depositou a bagagem na sala envidraçada da recepção. Não ia lá há dois anos, mas ficou impressionado, como sempre acontecia, com a solidez e a solene majestade do edifício, com seus salões pomposos e amplos corredores. Dois andares acima, parou em frente a uma porta onde estava escrito INSPETOR, bateu e entrou. Alguém disse um dia que Martin Beck dominava a arte de entrar numa sala e fechar a porta atrás de si quase ao mesmo tempo em que batia nela do lado de fora. Havia um fundo de verdade nisso.

— Oi, gente — cumprimentou ele.

Havia dois homens na sala. Um deles estava de pé, encostado na janela, mastigando um palito de dente. Era muito alto. O outro, sentado à mesa, era alto e magro, com os cabelos penteados cuidadosamente para trás e olhos vivos. Ambos estavam em trajes civis. O homem da mesa lançou um olhar de crítica a Martin Beck:

— Há uns 15 minutos li no jornal que você estava no exterior, desbaratando redes internacionais de narcóticos. E agora simplesmente entra aqui dizendo "Oi, gente"! Isso lá é maneira de se comportar? Quer alguma coisa?

— Lembra de um caso de esfaqueamento que aconteceu aqui, na véspera do Dia de Reis? Um cara chamado Matsson?

— Não. Por quê? Deveria?

— Eu me lembro — disse apaticamente o homem à janela.

— Este é Månsson — apresentou o inspetor. — Ele faz... afinal, o que você faz, na realidade, Månsson?

— Nada. Aliás, estava mesmo pensando em ir embora.
— Exatamente. Não está fazendo nada e estava pensando em ir embora. Bem, do que você se lembra?
— Já esqueci.
— Há alguma outra coisa em que você possa ser útil?
— Não até segunda-feira. Estou de folga agora.
— E precisa mastigar desse jeito?
— Estou largando o cigarro.
— O que você se lembra sobre o caso do esfaqueamento?
— Nada.
— Nadinha?
— Não. Backlund era o responsável.
— E o que ele achou na época?
— Sei lá. Trabalhou muito na fase preliminar das investigações, durante vários dias. Foi muito reservado sobre o assunto.
— Você é um cara de sorte — disse o homem sentado à mesa a Martin Beck.
— Por quê?
— Bem, por ter que falar com Backlund — explicou Månsson.
— Exatamente. Ele é popular. Volta em meia hora. Sala 312. Pegue uma senha para a fila de espera.
— Obrigado.
— Esse Matsson é o mesmo cara que você procura?
— É.
— Esteve aqui em Malmö?
— Acho que não.
— Eles não têm graça nenhuma... — disse Månsson, lamentoso.
— Eles quem?
— Esses palitos!
— Então fume, pelo amor de Deus, cara. Ninguém mandou você comer palitos.

— Dizem que tem um tipo com sabor — comentou Månsson.

Martin Beck conhecia muito bem aquele papo. Alguma coisa com certeza havia estragado o dia deles. Suas respectivas mulheres provavelmente tinham ligado para dizer que a comida estava ficando fria e perguntar se não havia outros policiais no mundo além deles.

Deixou-os com seus problemas, foi até a cantina e pediu uma xícara de chá. Tirou do bolso interno do paletó o bilhete de Szluka e releu os fracos depoimentos. Em algum lugar atrás dele, ocorria uma troca de impressões.

— Desculpe perguntar, mas isso é realmente um bolinho?

— E o que acha que é?

— Algum tipo de monumento cultural, talvez. Parece sacrilégio comê-lo. O Museu da Padaria com certeza há de se interessar nele.

— Se não está gostando, pode ir a outro lugar.

— Sim, posso. Por exemplo: posso descer dois andares e denunciar você por fabricar armas perigosas. Peço um bolinho e você me oferece um feto fossilizado que nem mesmo a Ferrovia Estatal Sueca serviria sem que a locomotiva ficasse vermelha de vergonha. Sou uma pessoa sensível e...

— Ah, é sensível? A propósito, foi você que o pegou no balcão, com suas próprias mãos.

Martin Beck virou-se e deu de cara com Kollberg.

— Oi — cumprimentou Beck.

— Oi.

Nenhum dos dois pareceu particularmente surpreso. Kollberg afastou o questionável bolinho:

— Quando você voltou?

— Agora mesmo. O que está fazendo?

— Pensei em falar com alguém chamado Backlund.

— Eu também.

— Na verdade, tinha algo mais a fazer aqui — disse Kollberg, desculpando-se.

Dez minutos depois já eram cinco da tarde. Os dois desceram juntos. Backlund, afinal, era um homem idoso com expressão amigável e comum. Apertou as mãos deles e disse:

— Já sei: VIPs de Estocolmo, hein? — Ofereceu cadeiras aos dois. — Bem, estou grato. A que devo a honra?

— Você teve um caso de esfaqueamento na véspera do Dia de Reis — disse Martin Beck. — Um cara chamado Matsson.

— Sim, está correto. Eu me lembro do caso. Foi encerrado. Ninguém foi responsabilizado.

— Mas o que realmente aconteceu?

— Bem... hummm... Um minutinho que vou pegar os arquivos.

O homem chamado Backlund saiu e voltou, uns dez minutos mais tarde, com um relatório datilografado e grampeado. Parecia incrivelmente detalhado. Folheou-o por um momento, evidentemente revivendo com prazer e orgulho a sua familiaridade com aquele material.

— Melhor começar do começo.

— Queremos apenas ter uma ideia geral do que aconteceu — explicou Kollberg.

— Entendo. À uma e vinte e três da manhã do dia 6 de janeiro do corrente ano, uma viatura com os patrulheiros Kristiansson e Kvant, que faziam a ronda de carro na Linnégatan, aqui no centro, recebeu ordens para se dirigir à Sveagatan, 26, em Limhamn, onde foi dito aos policiais que alguém havia sido esfaqueado. Os patrulheiros Kristiansson e Kvant foram imediatamente ao endereço indicado, onde chegaram em torno de uma e vinte e nove da manhã. Os dois atenderam uma pessoa que declarou ser jornalista: um homem chamado Alf Sixten Matsson, residente em Estocolmo, na

Fleminggatan, 34. Matsson declarou também que tinha sido atacado e esfaqueado por Bengt Eilert Jönsson, um jornalista residente em Malmö, que vive na Sveagatan, 26, em Limhamn. Matsson, que tinha um ferimento superficial de aproximadamente 5 centímetros no lado externo de seu pulso esquerdo, foi levado para a emergência do Hospital Geral pelos patrulheiros Kristiansson e Kvant, enquanto Bengt Eilert Jönsson foi detido e levado ao quartel-general da polícia, em Malmö, pelos patrulheiros Elofsson e Borglund, que foram acionados por Kristiansson e Kvant. Os dois homens estavam sob efeito de álcool.

— Kristiansson e Kvant?

Backlund lançou a Kollberg um olhar de reprovação e prosseguiu:

— Depois que Matsson foi atendido na emergência do Hospital Geral, também foi levado para depor no quartel-general da polícia em Malmö. Matsson declarou que nasceu no dia 5 de agosto de 1933 em Mölndal e que residia em...

— Só um minuto — interrompeu Martin Beck. — Na verdade, não precisamos de todos esses detalhes.

— Ah. Mas devo lhe dizer que não é fácil ter uma visão clara do acontecimento se não repassarmos o relatório inteiro.

— Mas esse relatório oferece uma visão clara?

— Posso responder a essa pergunta com um "sim" e com um "não". As histórias são consideravelmente diferentes. E os horários também. Os depoimentos são muito vagos. Por isso não foi possível acusar ninguém.

— Quem interrogou Matsson?

— Fui eu. Interroguei-o muito detalhadamente.

— Estava bêbado?

Backlund folheou o relatório.

— Um momento. Sim, aqui está. Admitiu ter consumido álcool, mas negou que tivesse se excedido.

— E como se comportou?

— Não fiz anotações sobre isso. Mas Kristiansson disse... está aqui, só um segundo... que "seu passo era vacilante e sua voz calma, porém ocasionalmente enrolada".

Martin Beck desistiu. Kollberg foi mais obstinado.

— Como era a aparência dele?

— Não fiz nenhuma anotação sobre isso. Mas eu lembro que suas roupas estavam limpas e arrumadas.

— O que aconteceu quando foi esfaqueado?

— Pode-se dizer que é difícil ter uma visão clara do verdadeiro curso dos eventos. As histórias dos dois diferem. Se me lembro bem... sim, está certo... Matsson declarou que o ferimento lhe foi infligido por volta de meia-noite. Por outro lado, Jönsson declarou que o incidente só ocorreu depois de uma hora da manhã. Foi muito difícil esclarecer esse ponto.

— E ele foi atacado?

— Tenho a declaração de Jönsson aqui: "Bengt Eilert Jönsson declara que ele conhecia Matsson há quase três anos por causa da profissão e que, na manhã do dia 5 de janeiro, encontrou-o por acaso; Matsson estava hospedado no hotel Savoy e sozinho; então Jönsson o convidou para jantar em sua casa, às...

— Sim, mas o que ele disse sobre o ataque em si?

A essa altura, Backlund já começava a demonstrar certa irritação. Pulou algumas páginas.

— "Jönsson nega que teve intenção de atacar, mas admite que, à uma e quinze da manhã, deu um empurrão em Matsson, em consequência do qual este pode ter caído e se cortado com um copo que estava segurando."

— Mas afinal, Matsson foi esfaqueado?

— Bem, essa questão foi abordada numa seção anterior do relatório. Deixe-me verificar. Ah, aqui está: "Matsson declara que, em algum momento antes das onze horas, teve uma briga corporal com Bengt Jönsson e que recebeu um ferimento no braço esquerdo, provavelmente infligido com uma faca que tinha visto antes na casa de Jönsson." Podem comprovar por si mesmos: pouco antes das onze da noite! E uma e quinze da manhã! Uma diferença de duas horas e vinte minutos entre os dois depoimentos! Recebemos também um atestado do médico que atendeu Matsson no Hospital Geral. De acordo com sua descrição, era "um ferimento superficial de cinco centímetros, que sangrava abundantemente. As bordas do ferimento..."

Kollberg inclinou-se para a frente e olhou fixamente para o homem que estava com o relatório nas mãos.

— Olha, não estamos muito interessados em todos esses detalhes. Queremos saber o que você pensa do caso. Que alguma coisa aconteceu, aconteceu. Por quê? Como foi isso?

O outro homem não conseguia mais esconder sua irritação. Tirou os óculos e limpou-os febrilmente.

— Ora, por favor, por favor! "Aconteceu." Humpf. Tudo foi minuciosamente examinado durante essas investigações preliminares. Se não posso apresentar um relato de tudo, não vejo como seria possível explicar o caso a vocês com clareza. Podem examinar o material, se desejarem. — E colocou o relatório na beira da mesa.

Martin Beck folheou-o distraidamente e examinou as fotografias da cena do crime, anexadas na parte de trás do relatório. As fotos mostravam uma cozinha, uma sala e algumas escadas de pedra. Tudo parecia limpo e arrumado. Nas escadas havia alguns pontos escuros, menores que uma moeda de 1 *ore*. Se não estivessem marcados com setas brancas, praticamente não seria possível vê-los. Entregou o documento a Kollberg, tamborilou os dedos no braço da cadeira e disse:

— Matsson foi interrogado aqui?

— Aqui mesmo, nesta sala.

— Imagino que tenham tido uma longa conversa.

— Sim, ele teve que prestar um depoimento detalhado.

— E que tipo de impressão o sujeito lhe causou? Digo como pessoa, como homem?

Backlund agora estava tão irritado que não conseguia ficar sentado calmamente. Mexia nos objetos sobre a superfície lisa e envernizada de sua mesa e os recolocava exatamente nos mesmos lugares.

— Impressão! — exclamou. — Tudo está coberto com detalhes na investigação preliminar. Já disse isso a vocês. De qualquer forma, o incidente ocorreu em uma propriedade particular e, no fim das contas, Matsson não quis apresentar queixa. Não consigo entender o que vocês querem saber.

Kollberg colocou o relatório sobre a mesa sem sequer abri-lo. Depois fez uma última tentativa.

— Queremos saber sua opinião sobre Alf Matsson.

— Não tenho uma opinião — retrucou o homem.

Quando saíram, Backlund continuou sentado à sua mesa, lendo o relatório da investigação preliminar, com expressão rígida e ar de reprovação.

— Cada um que me aparece — disse Kollberg no elevador.

A casa de Bengt Jönsson era um bangalô relativamente pequeno, com varanda aberta e jardim. O portão estava aberto e, no pátio interno de pedra, via-se um homem louro e bronzeado, agachado diante de um triciclo. As mãos dele estavam cobertas de graxa; tentava consertar a corrente, que tinha se soltado. Um garoto de uns 5 anos o observava de pé, com uma chave inglesa na mão.

Quando Kollberg e Martin Beck cruzaram o portão, o homem se levantou e limpou as mãos na calça. Tinha uns 30 anos e usava camisa xadrez, calça cáqui suja e sapatos com solado de madeira.

— Bengt Jönsson? — perguntou Kollberg.

— Sim, sou eu — respondeu o homem, com olhar desconfiado.

— Somos da polícia de Estocolmo — disse Martin Beck. — Viemos procurá-lo para pedir algumas informações sobre um amigo seu: Alf Matsson.

— Amigo? — perguntou o homem. — Dificilmente o chamaria assim. É sobre o que aconteceu no inverno passado? Pensei que esse assunto estivesse morto e enterrado há muito tempo.

— E está. O caso foi encerrado e não será reaberto. Não é na sua parte que estamos interessados, mas na de Matsson — explicou Martin Beck.

— Vi nos jornais que ele desapareceu — disse Bengt Jönsson. — Estava metido com uma rede de tráfico de narcóticos, segundo a matéria. Não sabia que ele usava drogas.

— Talvez ele não usasse, mas com certeza as vendia.

— Meu Deus! — exclamou Bengt Jönsson. — Que tipo de informação vocês querem? Não sei nada sobre esse negócio de drogas.

— Pode nos ajudar a compor uma visão geral sobre Matsson.

— O que querem saber?

— Tudo o que sabe sobre Alf Matsson — disse Kollberg.

— Não é muito — disse Jönsson. — Eu mal o conhecia, apesar de nos relacionarmos profissionalmente há três anos. Havia topado com ele poucas vezes antes daquela briga, no inverno passado. Sou jornalista também; a gente se conheceu quando fizemos um trabalho juntos.

— Pode nos contar o que realmente aconteceu no inverno passado? — perguntou Martin Beck.

— Melhor a gente se sentar — sugeriu Jönsson e dirigiu-se à varanda. Martin Beck e Kollberg o seguiram. Havia uma mesa e quatro cadeiras; Martin Beck sentou-se e ofereceu um cigarro ao dono da casa. Kollberg inspecionou a cadeira, desconfiado, antes de se sentar com muito cuidado. A cadeira rangeu perigosamente sob seu peso.

— Por favor, quero que entenda que o que nos disser aqui não nos interessa, a não ser como um depoimento sobre o caráter de Alf Matsson. Nem nós nem a polícia de Malmö temos qualquer razão para reabrir o caso. — Martin Beck procurava tranquilizá-lo. — Então, o que aconteceu?

— Encontrei Alf Matsson por acaso na rua. Ele estava hospedado num hotel em Malmö, e eu o convidei para jantar em minha casa. Não gostava muito dele, mas o cara estava sozinho na cidade e queria que eu saísse para beber com ele. Então achei melhor que viesse à nossa casa. Chegou de táxi e me pareceu estar sóbrio. Bem, pelo menos quase. Jantamos, e eu lhe ofereci Schnapps com a comida; nós dois bebemos bastante. Depois do jantar escutamos alguns discos, bebemos uísque e ficamos conversando. Ele ficou bêbado muito depressa e se tornou desagradável. Minha mulher tinha convidado uma amiga naquele mesmo dia e, de repente, Alfie disse a ela: "Se importa se eu te foder?"

Bengt Jönsson ficou em silêncio. Martin Beck fez-lhe um sinal e pediu:

— Por favor, continue.

— Bem, foi o que ele disse. A amiga da minha mulher ficou muito aborrecida, pois não está acostumada a ser tratada dessa forma. Minha mulher ficou irritadíssima e disse a Alfie que ele era um grosso; ele então a chamou de puta e foi muito rude. Aí foi a minha vez de ficar revoltado. Mandei que calasse a boca, e as mulheres se retiraram da sala.

Jönsson ficou em silêncio de novo, e Kollberg perguntou:

— Matsson era sempre desagradável assim quando bebia?

— Não sei, nunca o tinha visto bêbado antes.

— E depois, o que aconteceu? — perguntou Martin Beck.

— Bem, voltamos a beber. Eu próprio não bebi muito, na verdade, e não senti que estava "alto" em momento algum. Mas Alfie foi ficando cada vez mais bêbado, sentado ali, com soluço, arrotando e cantando; de repente, vomitou no chão! Levei-o até o banheiro e, depois de algum tempo, ele se sentiu melhor e me pareceu um pouco mais sóbrio. Quando eu disse que deveríamos tentar limpar aquela sujeira, respondeu: "Aquela puta com quem você se casou pode fazer isso." Aquilo me deixou louco de raiva e eu disse a ele para ir embora, que não o queria mais na minha casa. Mas o cara só ficou rindo e se sentou numa cadeira, arrotando. Quando eu disse que iria chamar um táxi para ele, respondeu que ia ficar e dormir com minha mulher. Então bati nele e, quando levantou e fez mais um comentário grosseiro sobre ela, bati de novo. Ele caiu sobre a mesa e quebrou dois copos. Continuei tentando colocá-lo para fora de casa, mas ele se recusava a ir embora. Por fim, minha mulher chamou a polícia. Nos pareceu ser o único jeito de nos livrarmos dele.

— Pelo que entendi, ele machucou a própria mão — disse Kollberg. — Como isso aconteceu?

— Vi que estava sangrando, mas não pensei que era sério. De qualquer forma, eu estava tão bravo que nem me importei. Ele se cortou com um dos copos quando caiu. Depois alegou que eu o tinha esfaqueado, o que era mentira. Depois fui interrogado na delegacia de polícia durante o resto da noite. Foi uma confusão infernal.

— E você voltou a ver Alf Matsson desde aquela noite? — Kollberg quis saber.

— Por Deus, não. Não o vi mais desde aquela manhã na delegacia. Estava sentado no corredor quando terminei o interrogatório. E o filho da mãe ainda teve a cara de pau de dizer: "Ei, cara, sobrou bebida. Vamos voltar para sua casa e acabar com ela mais tarde." Nem me dei ao trabalho de responder e, graças a Deus, nunca mais o vi desde então.

Bengt Jönsson levantou-se e foi até o garoto, que batia no triciclo com a chave inglesa. Agachou-se e continuou a trabalhar na corrente.

— Nada mais tenho a dizer sobre o assunto. Foi exatamente assim que aconteceu — disse ele por cima do ombro.

Martin Beck e Kollberg se levantaram, e ele acenou para os dois quando chegaram ao portão.

— Legal, esse nosso amigo Matsson! — comentou Kollberg no caminho de volta a Malmö. — Não acho que a humanidade sofreria uma grande perda se tivesse realmente acontecido algo com ele. Se foi esse o caso, só as suas férias sofreram.

21

Kollberg estava hospedado no hotel St. Jörgen, na Gustav Adolfs torg; assim, depois de pegarem a bagagem de Martin Beck na delegacia de polícia, foram para lá. O hotel estava cheio, mas Kollberg usou seu poder de persuasão e não demorou a conseguir um quarto.

Martin Beck nem se deu ao trabalho de desarrumar a mala. Chegou a pensar em ligar para a esposa, na ilha, mas se deu conta de que estava muito tarde. Ela não ia gostar de ter que tatear no escuro, seguindo o som do telefone, apenas para ouvi-lo dizer que não sabia quando poderia se juntar a ela.

Despiu-se e foi para o banheiro. Enquanto estava debaixo do chuveiro, ouviu a pancada característica de Kollberg na porta que dava para o corredor. Como tinha se esquecido de tirar a chave do lado de fora, passaram-se um ou dois segundos antes de Kollberg irromper no quarto, chamando-o em altos brados.

Martin Beck fechou a torneira, enrolou-se em uma toalha de banho e foi atendê-lo.

— Uma ideia terrível de repente me ocorreu — disse Kollberg.
— Faz cinco dias que começou a temporada do lagostim, e você, provavelmente, ainda não provou unzinho sequer. Ou será que na Hungria tem lagostim?

— Não até onde sei. Eu, pelo menos, não vi nenhum.

— Ande, vá se vestir. Reservei uma mesa para nós.

O salão de jantar estava cheio, mas uma mesa de canto estava reservada para eles, já preparada para um jantar à base de lagostim. Em cima de cada prato havia um chapéu de papel e um pequeno avental. Cada avental continha um verso impresso em vermelho. Sentaram-se, e Martin Beck olhou desanimado para seu chapéu, feito de papel crepom azul com uma aba em papel brilhante e a palavra polícia escrita em letras douradas logo acima.

O lagostim estava delicioso, e os dois se ocuparam mais em comer do que em conversar. Quando acabaram, Kollberg ainda estava com fome — aliás, um estado quase permanente —, então pediu um filé. Enquanto esperavam, ele disse:

— Havia quatro caras e uma mulher com ele na noite anterior à partida para Budapeste. Fiz uma lista para você; está lá no meu quarto.

— Ótimo — disse Martin Beck. — Foi difícil?

— Não muito. Melander me deu uma ajuda.

— Melander, claro. Que horas são?

— Nove e meia.

Martin Beck levantou da mesa e deixou Kollberg a sós com seu bife.

É claro que Melander já tinha ido deitar; e Martin Beck esperou pacientemente, por toques e toques a fio, até que ele atendesse o telefone.

— Estava dormindo?

— Estava, mas não importa. Já voltou?

— Estou em Malmö. Como foram as coisas com Alf Matsson?

— Descobri o que me pediu. Quer saber?

— Sim, por favor.

— Um momento.

Melander se afastou do telefone, mas voltou muito rápido.

— Fiz um relatório, mas está no escritório. Posso tentar me lembrar das coisas — ofereceu.

— Tenho certeza de que consegue.

— Tem a ver com a quinta-feira, 21 de julho. De manhã, Matsson foi primeiro à revista, onde pegou suas passagens no escritório e 400 coroas no caixa. Saiu quase imediatamente e foi pegar o passaporte e o visto na embaixada da Hungria. Depois disso, voltou à Fleminggatan e imagino que tenha feito a mala. De qualquer forma, trocou de roupa. De manhã estava usando calça cinza, um agasalho cinza de lã, uma jaqueta azul de tricô, sem lapelas, e sapatos de camurça bege. À noite, usava um terno cinza chumbo de flanela fina, camisa branca, gravata preta de tricô, sapatos pretos e um casaco de popeline bege-acinzentado.

Fazia calor na cabine telefônica. Martin Beck havia tirado um pedaço de papel do bolso e rabiscava algumas anotações enquanto Melander falava.

— Sim, continue — disse.

— Ao meio-dia e quinze, pegou um táxi da Fleminggatan até o Tankard, onde almoçou com Sven-Erik Molin, Per Kronkvist e Pia Bolt. O nome dela é Ingrid, mas costuma ser chamada de Pia. Bebeu vários copos de cerveja durante e depois do almoço. Às três horas, Pia Bolt foi embora, e os três homens ficaram. Mais ou menos uma hora depois, por volta das quatro horas, chegaram Stig Lund e Åke Gunnarsson, e sentaram-se à mesa deles. Então começaram a beber uísque. Alf Matsson tomou uísque e água. A conversa à mesa era superficial, mas a garçonete se lembra de ter ouvido Matsson dizer que ia embora. Para onde, não conseguiu ouvir.

— Estava bêbado?

— Devia estar um pouco, mas não dava para notar. Não àquela hora. Pode esperar na linha um minuto?

Melander se afastou novamente, e Martin Beck abriu bem a porta da cabine telefônica para deixar entrar um pouco de ar enquanto esperava. Depois de um instante, Melander retornou.

— Fui só vestir o pijama. Onde é que eu estava? Ah, sim, é claro, no Tankard. Às seis da tarde eles saíram, quero dizer, Kronkvist, Lund, Gunnarsson, Molin e Matsson, e pegaram um táxi para o Gyldene Freden, onde jantaram e tomaram drinques. A conversa girou basicamente em torno de conhecidos em comum, bebida e mulheres. Alf Matsson estava começando a ficar muito alcoolizado e fez comentários em voz alta sobre algumas senhoras que lá estavam. Entre outras coisas, parece que gritou para uma artista de meia-idade, sentada na outra extremidade do salão, algo como "Mas que belo par de tetas você tem aí! Posso descansar minha cabeça nelas?". Às nove e meia foram para o bar da Ópera de táxi; lá, continuaram a beber uísque. Alf Matsson bebia uísque com soda. Pia Bolt, que tinha chegado ao bar antes, juntou-se a Matsson e aos outros quatro homens. Por volta da meia-noite, Kronkvist e Lund deixaram o restaurante e, pouco antes da uma da manhã, Pia Bolt foi embora com Molin. Estavam todos bêbados. Matsson e Gunnarsson ficaram até a casa fechar e ambos estavam muito bêbados. Matsson não conseguia caminhar em linha reta e abordou várias mulheres. Não deu para saber o que aconteceu depois, mas presumo que foram para casa de táxi.

— Alguém viu quando Matsson saiu?

— Não, pelo menos ninguém com quem eu tenha falado. A maior parte dos clientes que saíram àquela hora estava mais ou menos bêbada, e os funcionários tinham pressa em ir embora.

— Muitíssimo obrigado — disse Martin Beck. — Pode me fazer outro favor? Vá até o apartamento de Matsson amanhã bem cedo e veja se consegue encontrar o terno cinza chumbo que ele estava usando naquela noite.

— Você não esteve lá? — perguntou Melander. — Antes de ir para a Hungria?

— Estive, mas não tenho sua memória de elefante. Vá para a cama agora e durma. Amanhã de manhã eu ligo de novo.

Em seguida, Martin Beck voltou para a companhia de Kollberg, que já tinha traçado o bife e a sobremesa. Esta última deixara rastros rosados no prato à sua frente.

— E aí? Melander encontrou alguma coisa?

— Não sei ainda. Talvez.

Pediram café, e Martin Beck contou a Kollberg sobre Budapeste, Szluka, Ari Boeck e seus amigos alemães. Depois tomaram o elevador, e Martin Beck pegou o relatório datilografado de Kollberg antes de ir para a cama. Despiu-se, acendeu a luz de cabeceira e apagou a do teto. Deitou-se e começou a ler.

> *Ingrid (Pia) Bolt*, nascida em 1939 em Norrköping, solteira, secretária, apartamento próprio na Strindbergsgatan, 51.
>
> Faz parte do mesmo círculo de Matsson, mas não gosta muito dele e provavelmente nunca tiveram relações íntimas. Saiu com Stig Lund durante um ano, até bem recentemente. Agora parece que está saindo com Molin. Secretária numa empresa do ramo de moda, a Studio 45.
>
> *Per Kronkvist*, nascido em 1936 em Luleå. Divorciado, repórter de um jornal vespertino. Divide apartamento com Lund, na Sveavägen, 88.
>
> Faz parte do grupo, mas não é grande amigo de Matsson. Divorciou-se em 1963 em Luleå. Desde então reside em Estocolmo. Bebe bastante, é nervoso e inquieto. Parece ser rude, mas é um cara bacana. Foi condenado por dirigir alcoolizado em maio de 1965.
>
> *Stig Lund*, nascido em 1932 em Gotemburgo, solteiro, fotógrafo da mesma revista em que Kronkvist trabalha. Apartamento em Sveavägen, de propriedade da revista.
>
> Veio para Estocolmo em 1960 e conhece Matsson desde aquela época. Costumavam sair muito juntos antes, mas nos

últimos dois anos só se encontraram porque frequentaram os mesmos pubs. Quieto, gentil, bebe muito e em geral adormece na mesa quando fica bêbado. Ex-atleta, participou de competições de corrida cross-country, sua especialidade, de 1945 a 1951.

Åke Gunnarsson, nascido em 1932 em Jakobstad, na Finlândia. Solteiro, jornalista, escreve sobre automóveis. Apartamento próprio na Svartensgatan, 6. Veio para a Suécia em 1950. É repórter de várias revistas de automobilismo e trabalha em jornais diários desde 1959. Antes teve vários empregos, inclusive como mecânico. Fala sueco quase sem sotaque. Mudou-se para o apartamento da Svartensgatan no dia 1° de julho deste ano; antes disso vivia em Hagalund. Tem planos de se casar no começo de setembro com uma garota de Uppsala que não faz parte do grupo. Não é mais próximo de Matsson do que o antes mencionado. Bebe bastante, mas é famoso por não parecer estar bêbado quando na verdade está. Parece ser um rapaz brilhante.

Sven-Erik Molin, nascido em 1933 em Estocolmo. Divorciado, jornalista, vive numa casa em Enskede.

É o "melhor amigo" de Alf Matsson; quer dizer, diz que é, mas fala mal dele pelas costas. Divorciou-se em Estocolmo há quatro anos, mas paga em dia as pensões e visita os filhos de vez em quando. É vaidoso e arrogante, sobretudo quando está bêbado, o que acontece com frequência. Foi acusado de embriaguez duas vezes em Estocolmo, em 1963 e 1965. O relacionamento com Pia Bolt não é muito sério da parte dele.

Há outras pessoas no grupo: Krister Sjöberg, artista comercial; Bror Forsgren, representante de publicidade; Lena Rosén, jornalista; Bengt Fors, jornalista; Jack Meredith, operador de câmera, e alguns outros, relativamente pouco importantes. Nenhum deles estava presente no dia ou na noite em questão.

Martin Beck levantou-se e pegou o pedaço de papel no qual tinha feito anotações enquanto falava com Melander. Levou-o para a cama com ele.

Antes de apagar a luz, leu tudo de novo — o relatório de Kollberg e suas próprias observações, rabiscadas apressadamente.

22

Naquele sábado cinzento, 13 de agosto, o avião para Estocolmo enfrentou com toda calma o forte vento contrário. O gosto que o lagostim havia deixado na boca estava longe de ser delicioso àquela hora do dia; e o café sofrível que a companhia aérea oferecia, servido em copo de papel, não conseguiu melhorar as coisas. Martin Beck recostou-se na janela que vibrava e ficou olhando as nuvens. Pouco depois tentou fumar, mas o gosto do cigarro lhe pareceu horrível. Kollberg lia um diário do sul da Suécia e lançava olhares críticos para o cigarro; com certeza também não se sentia muito bem.

No que dizia respeito a Alf Matsson, agora era possível dizer que o mais provável é que tivesse sido visto pela última vez há exatamente três semanas, no saguão do hotel Duna, em Budapeste.

O piloto informou que o tempo estava nublado e que a temperatura em Estocolmo era de 15 graus, com chuva fina.

Martin Beck apagou o cigarro no cinzeiro e perguntou:

— Aquele assassinato que você estava investigando foi solucionado?

— Ah, sim.

— Sem dificuldades?

— Não. Em termos psicológicos, o caso era totalmente desinteressante, se é isso que quer dizer. Bêbados como porcos, os dois. O cara que vivia no apartamento enlouqueceu o outro a tal ponto que ele ficou com muita raiva e o atingiu com uma garrafa. Depois ficou apavorado e bateu mais umas vinte vezes. Mas isso tudo você já sabe.

— E depois? Tentou fugir?

— Ah, sim, é claro. Ele foi para casa e juntou as roupas sujas de sangue; depois pegou uma garrafa de álcool e foi se sentar debaixo da Skanstullsbron. Tudo o que tivemos que fazer foi ir até lá e pegá-lo. Negou tudo categoricamente durante um tempo e depois começou a berrar. — Após uma breve pausa Kollberg prosseguiu, ainda sem levantar os olhos: — Esse cara tem alguns parafusos a menos. Skanstullsbron! Mas ele fez o melhor que podia.

Ele baixou o jornal e olhou para Martin Beck.

— Exatamente — concordou o inspetor. — Fez o melhor que podia.

Kollberg voltou para seu jornal.

Desapontado, Martin Beck pegou a lista que tinha recebido na noite anterior e leu-a mais uma vez. E outra, e mais outra, até chegarem a Estocolmo. Guardou o papel no bolso e apertou o cinto de segurança. Em seguida vieram os tradicionais momentos de desconforto, quando o avião cambaleou devido ao vento e foi descendo por sua rampa invisível. Jardins. Telhados. Dois solavancos no concreto. Só então Martin Beck conseguiu respirar normalmente de novo.

Os dois trocaram alguns comentários na área dos voos domésticos, enquanto ainda esperavam pela bagagem.

— Pretende ir para a ilha hoje à noite?

— Não, vou esperar um pouco.

— Tem algo de podre nessa história do Matsson.

— Com certeza.

— E grave.

No meio da Tranebergsbron, Kollberg disse:

— Mais grave ainda é que a gente não consegue parar de pensar nesse maldito caso. Matsson era um babaca. Se desapareceu, bem feito. E se está fugindo, alguém vai pegá-lo mais cedo ou mais tarde. Mas isso não é problema nosso. E se por acaso acabou morrendo em Budapeste, isso também não tem nada a ver com a gente. Certo?

— Certo.

— Mas suponhamos que o homem continue desaparecido; se assim for, vamos ficar pensando nisso durante uns dez anos. Credo!

— Você não está sendo muito lógico.

— Não. Exatamente, não estou.

A delegacia de polícia parecia anormalmente quieta, mas afinal era sábado e, apesar de tudo, ainda era verão. Na mesa de Martin Beck havia algumas cartas desinteressantes e um bilhete de Melander:

"Um par de sapatos pretos no apartamento. Velhos. Não eram usados há muito tempo. Nada de terno cinza-escuro."

Do lado de fora da janela, o vento arrasava as copas das árvores, e a chuva batia contra as vidraças. Pensou no Danúbio, nos vapores, na brisa que vinha das montanhas ensolaradas. Valsas vienenses. O ar quente e suave da noite. A ponte. O cais. Martin Beck apalpou com cuidado o galo na parte de trás da cabeça; em seguida, voltou para sua mesa e se sentou.

Kollberg entrou, viu a mensagem de Melander e coçou a barriga:

— Bem, provavelmente é problema nosso de qualquer modo.

— Sim, acho que é. — Martin Beck refletiu por um momento. — Quando você esteve na Romênia, entregou seu passaporte?

— Sim, a polícia recolhia o passaporte no aeroporto. Era devolvido no hotel, uma semana depois. Vi que o meu ficou parado vários dias no meu escaninho antes de me devolverem. Era um hotel bem grande. A polícia entregava um monte de passaportes todas as noites.

Martin Beck puxou o telefone para perto de si.

— Budapeste 298-317. Por favor, quero uma chamada direta para o major Vilmos Szluka. Sim, Major S-Z-L-U-K-A. Não, é na Hungria.

Voltou à janela e ficou observando a chuva em silêncio. Kollberg sentou-se na cadeira das visitas e passou a estudar as próprias unhas. Nenhum dos dois se moveu ou falou até o telefone tocar.

— O major Szluka vai atender num minuto — disse alguém em péssimo alemão.

Passos ecoaram pelos corredores do quartel-general da polícia, em Deák Ferenc Tér. Em seguida ouviu-se a voz de Szluka:

— Bom dia. Como estão as coisas em Estocolmo?

— Está chovendo e ventando. Faz frio.

— A temperatura aqui está por volta de 30 graus. Eu diria que é quase quente demais. Estava pensando em ir até Palatino. Alguma novidade?

— Ainda não.

— Por aqui, a mesma coisa. Ainda não o encontramos. Posso ajudá-lo em alguma coisa?

— É comum as pessoas perderem o passaporte durante a temporada de férias?

— Sim, infelizmente. Isso é sempre complicado. Por sorte essa não é uma das nossas atribuições.

— Pode descobrir se algum estrangeiro registrou a perda de seu passaporte no hotel Ifjuság ou no hotel Duna a partir do dia 21 de julho?

— É claro. Mas, como eu disse, não é meu departamento. Está bem para você se eu conseguir a resposta por volta das cinco da tarde?

— Claro, pode ligar quando quiser. Ah, mais uma coisinha.

— Sim?

— Se alguém registrou um caso assim, acha que consegue descobrir como é a aparência da pessoa? Apenas uma breve descrição.

— Ligo para você às cinco horas. Até logo.

— Até logo. Espero que não perca os banhos — disse e desligou.

Kollberg o olhou desconfiado.

— Que diabo é esse negócio de banhos?

— Banhos em água sulfurosa. A gente se senta em espreguiçadeiras de mármore, debaixo d'água.

— Ah.

Fez-se um breve silêncio. Kollberg coçou a cabeça.

— Então em Budapeste ele estava usando uma jaqueta azul, calça cinza e sapatos marrons?

— Sim, e a capa de chuva.

— E na mala dele havia uma jaqueta azul?

— Sim.

— E um par de calças cinza?

— Sim.

— E um par de sapatos marrons?

— Sim.

— E na noite em que partiu, usava um terno escuro e sapatos pretos?

— Sim, e a capa de chuva.

— E nem os sapatos nem o terno estão no apartamento?

— Não, não estão.

— Cristo! — exclamou Kollberg com naturalidade.

— Isso mesmo.

A atmosfera na sala mudou; pareceu menos tensa. Martin Beck remexeu em sua gaveta, encontrou um velho Florida ressecado e o acendeu. Tal como o homem de Malmö, estava tentando parar de fumar, mas com muito menos entusiasmo.

Kollberg bocejava diante do relógio.
— Será que a gente sai para comer alguma coisa?
— Sim, por que não?
— No Tankard?
— Claro.

23

O vento tinha amainado e, no Vasaparken, a chuva fina caía pacificamente sobre a fila dupla de barraquinhas, um carrossel e dois policiais que usavam capas de chuva pretas. O carrossel estava em movimento; num dos cavalos pintados havia uma criança solitária — uma garotinha de capa de plástico vermelha, com capuz. Girava vezes sem fim sob a chuva, com uma expressão solene no rosto e os olhos fixos à frente. Os pais estavam de pé um pouco adiante, debaixo de uma sombrinha, contemplando o parquinho de diversões com olhar melancólico. Uma fragrância fresca de folhas molhadas emanava do parque naquela tarde de sábado. Apesar de tudo, ainda era verão.

O restaurante que ficava na diagonal oposta ao parque estava quase vazio. O único som audível no lugar era o tímido e reconfortante farfalhar das páginas dos jornais vespertinos de dois idosos, clientes regulares, e o baque surdo dos dardos contra o alvo, na sala de dardos. Martin Beck e Kollberg se sentaram no bar, a uns dois metros do refúgio favorito de Alf Matsson e seus colegas jornalistas. Não havia ninguém ali agora, mas no meio da mesa se via um copo com um cartão vermelho de "reservado". Era bem possível que a reserva fosse permanente.

— O horário do almoço já passou — disse Kollberg. — Daqui a uma hora, mais ou menos, as pessoas começam a voltar. E de noite fica tão abarrotado de gente cuspindo cerveja uns nos outros que mal se consegue entrar.

A atmosfera não era convidativa a longas elucubrações. Almoçaram em silêncio; lá fora, o verão sueco estava sendo lavado.

Kollberg virou uma caneca de cerveja, dobrou o guardanapo de papel e limpou a boca:

— É difícil cruzar a fronteira de lá sem passaporte?

— É bem difícil. Dizem que as fronteiras são bem-guardadas. Um estrangeiro que não soubesse se movimentar por lá dificilmente conseguiria fazer isso.

— E se a pessoa deixar o país pelas rotas normais, precisa ter visto no passaporte?

— Sim, e permissão de saída também. A permissão é uma folha avulsa de papel que você recebe ao entrar no país e que deve manter dentro de seu passaporte até deixar o território. O pessoal do controle de passaportes recolhe na saída. A polícia também carimba a data de partida ao lado do visto, no passaporte. Veja.

Martin Beck tirou seu passaporte do bolso interno e colocou-o sobre a mesa.

Kollberg estudou os carimbos.

— Quer dizer que, se você tiver visto e permissão de saída, pode cruzar qualquer fronteira que quiser?

— Sim. E pode escolher entre cinco países: Tchecoslováquia, União Soviética, Romênia, Iugoslávia e Áustria. E pode ir do jeito que quiser: de avião, de trem, de carro ou de barco.

— De barco? Da Hungria?

— Sim, pelo Danúbio. De Budapeste é possível chegar a Viena ou a Bratislava em algumas horas, de aerobarco.

— E pode ir de bicicleta, caminhando, nadando, a cavalo ou rastejando? — perguntou Kollberg.

— Pode, desde que passe por um posto de fronteira.

— E dá para ir à Áustria ou à Iugoslávia sem visto?

— Isso depende do tipo de passaporte que você tem. Se for sueco, por exemplo, ou alemão ou italiano, não precisa de visto. Com passaporte húngaro, pode ir à Tchecoslováquia ou à Iugoslávia sem visto.

— Mas é muito improvável que Matsson tenha feito isso?
— Não.
Passaram ao café. Kollberg ainda examinava os carimbos no passaporte.
— Os dinamarqueses não carimbaram quando você esteve em Kastrup — observou.
— Não.
— Nesse caso, não há provas de que você retornou à Suécia?
— Não. Por outro lado, estou aqui sentado, certo?
Alguns clientes tinham aparecido na última meia hora e já faltavam mesas. Um homem de uns 35 anos chegou e se sentou à mesa que estava com o cartão vermelho, recebeu uma caneca de cerveja e começou a folhear o jornal vespertino com ar entediado. De vez em quando olhava ansiosamente em direção à porta, como se estivesse esperando alguém. Usava barba e óculos de armação grande, paletó de tweed xadrez, calças marrons e sapatos pretos.
— Quem é esse? — perguntou Martin Beck.
— Não sei. São todos meio parecidos. Além disso, há várias pessoas que não têm a menor importância, que só aparecem de vez em quando.
— Não é Molin, com certeza, porque eu o reconheceria.
Kollberg olhou de soslaio para o homem.
— Gunnarsson, talvez?
Martin Beck pensou.
— Não, conheço esse também.
Chegou uma mulher. Tinha cabelo ruivo e era bem jovem; usava um suéter cor de tijolo, saia de tweed e meias verdes. Movimentava-se com facilidade, correndo os olhos pelo salão inteiro enquanto enfiava o dedo no nariz. Sentou-se à mesa com o cartão vermelho e disse:
— *Ciao*, Per.

— *Ciao*, querida.
— Per — disse Kollberg. — É o Kronkvist. E essa é Pia Bolt.
— Por que será que todos eles têm barba?

Martin Beck fez o comentário de forma pensativa, como se tivesse refletido sobre o problema durante muito tempo.

— Talvez sejam falsas — disse Kollberg solenemente. E acrescentou: — Só para nos dar trabalho.

— É melhor a gente voltar. Você avisou ao Stenström para vir?

Kollberg assentiu. Quando estavam de saída, ouviram o homem chamado Per Kronkvist gritar para a garçonete:

— Mais cerveja! Aqui!

As coisas estavam muito calmas na delegacia de polícia. Stenström jogava paciência na sala do andar térreo.

Kollberg olhou-o com ar de crítica.

— Já começou de novo com isso? O que você vai fazer quando ficar velho?

— Vou ficar aqui sentado, pensando a mesma coisa que estou pensando agora: "Por que estou sentado aqui?"

— Você vai verificar alguns álibis — disse Martin Beck. — Entregue a lista a ele, Lennart.

Stenström recebeu a lista e deu uma olhada.

— Agora?

— Sim, esta noite.

— Molin, Lund, Kronkvist, Gunnarsson, Bengtsfors, Pia Bolt. Quem é Bengtsfors?

— Está errado — disse Kollberg, sério. — Deve ser Bengt Fors. O "t" da minha máquina de escrever agarra no "s".

— Devo interrogar a garota também?

— Sim, se for divertido — disse Martin Beck. — Está no Tankard agora.

— Posso abrir o jogo com eles?

— Por que não? Investigação de rotina do caso Alf Matsson. Todos sabem do que se trata agora. A propósito, como vão as coisas com o pessoal da Narcóticos?

— Falei com Jacobsson. Parece que logo terão tudo apurado. Assim que os viciados souberam do que aconteceu a Matsson, desataram a falar. A propósito, estava pensando uma coisa: Matsson vendia a droga diretamente para umas poucas pessoas que ficavam realmente desesperadas, e ele as fazia pagar caro.

— E no que estava pensando?

— Um desses pobres-diabos que Matsson depenava não poderia ser o responsável pelo sumiço dele? Um cliente que tenha ficado de saco cheio dele, por assim dizer?

— Poderia — disse Martin Beck solenemente.

— Principalmente em um filme — completou Kollberg. — Na América.

Stenström guardou no bolso o pedaço de papel e se levantou. Já na porta, parou e disse, sensível:

— Às vezes coisas diferentes podem acontecer aqui também.

— Sim, podem — concordou Kollberg. — Mas você esqueceu que Alf Matsson desapareceu na Hungria, onde tinha ido pegar um pouco mais de mercadoria para seus pobres clientes. Agora se manda.

Stenström saiu.

— Isso foi cruel de sua parte — observou Martin Beck.

— Ele também pode pensar um pouco por si só.

— Bom, era o que ele estava fazendo.

— Humm.

Martin Beck dirigiu-se ao corredor. Stenström acabara de vestir o casaco.

— Olhe os passaportes deles.

Stenström assentiu.

— Não vá sozinho.

— Mas eles são perigosos? — perguntou Stenström, sarcástico.

— Rotina.

Voltou para a companhia de Kollberg. Ficaram em silêncio até que o telefone tocou. Martin Beck atendeu.

— Sua chamada para Budapeste vai entrar às sete da noite, e não às cinco — informou a telefonista.

Levaram alguns minutos digerindo a informação. Então Kollberg disse:

— Isso não é nada divertido.

— Não — concordou Martin Beck. — Não é divertido mesmo.

— Duas horas. Será que não devíamos pegar o carro e sair por aí investigando?

— Sim, por que não?

Foram até a Västerbron. O tráfego era menos intenso no sábado, e a ponte estava praticamente deserta. Já na parte mais alta da ponte, passaram por um ônibus de turismo alemão que havia diminuído a velocidade. Martin Beck viu os passageiros lá dentro, que se levantavam para admirar a baía prateada e a silhueta enevoada da cidade.

— Molin é o único que vive fora da cidade — disse Kollberg.

— Vamos vê-lo primeiro.

Subiram a Liljeholmsbron; Kollberg desviou do trânsito na rodovia principal e seguiu pela área residencial, serpenteando por ruas estreitas durante algum tempo antes de encontrar a casa certa. Passou bem devagar pela fila de casas e cercas, enquanto lia os nomes nas caixas de correio.

— É aqui — disse. — Molin vive na da esquerda. Aqui está o portão dele, como pode ver. A casa deve ter sido ocupada algum dia por uma única família, mas agora é geminada. A outra entrada é pelos fundos.

— Quem vive na outra parte da casa? — Martin Beck quis saber.

— Um funcionário aposentado da alfândega e a esposa.

O jardim na frente da casa era intocado, com macieiras retorcidas e árvores frutíferas grandes demais. Mas as sebes ao seu redor estavam bem-aparadas, e a cerca branca parecia ter sido pintada recentemente.

— Jardim grande — observou Kollberg. — E muito bem protegido. Quer ver mais?

— Não. Siga em frente.

— Então vamos pegar a Svartensgatan. Gunnarsson.

Voltaram ao lado sul da cidade e estacionaram na Mosebacketorg.

O número 6 da Svartensgatan ficava bem na praça. Era um prédio antigo, com entrada ampla e pavimentada. Gunnarsson vivia no terceiro andar, de frente para a rua.

— Mas ele não mora aqui há muito tempo, mora? — perguntou Martin Beck quando voltaram ao carro.

— Desde 1º de julho.

— E antes disso morava em Hagalund. Sabe onde fica?

Kollberg parou num sinal vermelho. Apontou para a grande janela do bar da Ópera, que ocupava a esquina toda.

— Talvez estejam todos lá agora — comentou. — Todos, menos Matsson. Em Hagalund? Sei, tenho o endereço.

— Pois iremos até lá mais tarde — disse Martin Beck. — Siga por Strandvägen. Quero dar uma olhada nos barcos.

Percorreram toda a Strandvägen, e Martin Beck olhou os barcos. Num dos ancoradouros havia um grande veleiro com uma bandeira americana na parte de trás; mais adiante, ladeado por dois barcos pesqueiros de Åland, estava um grande barco a motor polonês.

Do lado de fora da entrada do prédio no qual Pia Bolt morava, na Strindbergsgatan, um garotinho com guarda-chuva xadrez e poncho empurrava para lá e para cá, ao longo do degrau, um ônibus de plástico de dois andares enquanto imitava o som do motor com os lábios. O som tornou-se desigual e abafado quando o garoto freou o ônibus para dar passagem a Kollberg e a Martin Beck.

Stenström estava de pé no vestíbulo, com ar sombrio, examinando a lista de Kollberg.

— Mas por que você está aqui? — perguntou Kollberg.

— Pia não está em casa. Também não está no Tankard. Pensei em onde ela poderia estar agora. Mas se você pretende assumir o posto, posso ir para casa.

— Tente o bar da Ópera — disse Kollberg.

— A propósito, por que está sozinho? — Martin Beck quis saber.

— Rönn está comigo. Volta num minuto. Deu um pulinho na casa da mãe, que vive bem aqui na esquina, com um buquê de flores. Hoje é aniversário dela.

— E como estão as coisas? — perguntou Martin Beck.

— Verificamos Lund e Kronkvist. Os dois saíram do bar da Ópera por volta da meia-noite e foram direto para o Hamburger Exchange; lá encontraram duas garotas que conheciam e, por volta das três horas, voltaram para casa com uma delas. — Stenström tornou a conferir a lista. — O nome dela é Svensson e mora em Lidingö. Ficaram lá até as oito da manhã de sexta e depois pegaram um táxi para o trabalho. À uma da tarde foram para o Tankard, onde ficaram até as cinco. Depois foram para Karlstad, a trabalho. Ainda não consegui verificar os álibis dos outros.

— Estou vendo — disse Martin Beck. — Continue. Estaremos na delegacia depois das sete. Telefone quando acabar, se não for muito tarde.

A chuva tinha aumentado consideravelmente enquanto se dirigiam a Hagalund. Quando Kollberg parou o carro do lado de fora do prédio no qual Gunnarsson tinha morado até dois meses antes, a água escorria pelo vidro da janela e o barulho no teto do carro era ensurdecedor.

Levantaram a gola dos respectivos casacos e correram pela calçada até a entrada. O prédio tinha três andares e, numa das portas no segundo andar, havia um cartão de visitas pregado com um percevejo. O nome escrito ali constava também da lista de inquilinos que havia no hall. As letras brancas de plástico pareciam mais novas e mais brancas do que as outras.

Retornaram ao carro e deram uma volta no quarteirão; depois pararam na frente do prédio. O apartamento em que Gunnarsson havia morado tinha apenas duas janelas e, aparentemente, um único cômodo.

— Deve ser um apartamento bem pequeno — observou Kollberg. — O cara vai casar agora, já que conseguiu um maior.

Martin Beck olhava a chuva lá fora. Queria fumar e sentia frio. Havia um campo aberto e um pequeno bosque elevado do outro lado da rua. Na outra extremidade do campo havia um arranha-céu novinho e, ao lado dele, um segundo em construção. O campo inteiro provavelmente se transformaria numa fila de arranha-céus idênticos. Do prédio escuro e sombrio no qual Gunnarsson havia morado, tinha-se pelo menos uma vista aberta, campestre; mas agora, aparentemente, isso também logo seria estragado.

No meio do campo viam-se as ruínas carbonizadas de uma casa queimada.

— Incêndio? — perguntou Martin Beck, apontando para o local.

Kollberg inclinou-se para a frente e espiou em meio à chuva.

— Essa era uma antiga fazenda. Lembro de tê-la visto no último verão. Era uma bela casa de madeira, mas ninguém morava lá. Acho que o corpo de bombeiros a queimou. Treinamento, sabe como é. Colocaram fogo nela e depois o apagaram; depois queimaram de novo e apagaram de novo. Eles fazem isso até não sobrar nada. Pena que era uma casa tão boa... mas eles provavelmente precisam do terreno para construir prédios. — Ele olhou para o relógio e ligou o carro. — Teremos que andar rápido se quiser receber a tal ligação da Hungria.

A chuva escorria pelo para-brisa, e Kollberg teve que dirigir com muito cuidado. Fizeram silêncio durante toda a viagem de volta. Quando saíram do carro, em frente à delegacia, faltavam cinco minutos para as sete da noite, e já estava escuro.

O telefone tocou tão pontualmente que pareceu um acontecimento anormal. E era mesmo.

— Onde diabos está Lennart? — vociferou a mulher de Kollberg.

Martin Beck passou a ele o fone e tentou não ouvir as respostas do colega no diálogo que se seguiu.

— Tá, estou indo para casa logo... Então, como eu disse, daqui a pouco... Amanhã? Vai ser difícil, imagino...

Martin Beck decidiu se refugiar no banheiro e não retornou até ouvir o barulho do fone sendo colocado no gancho.

— A gente devia ter filhos — disse Kollberg. — Pobrezinha, fica lá sozinha, à minha espera...

Os dois só estavam casados há seis meses, portanto as coisas provavelmente se ajeitariam.

Pouco depois entrou a chamada da Hungria.

— Peço desculpas por tê-lo feito esperar — disse Szluka do outro lado. — É mais difícil achar as pessoas aqui num sábado. No entanto, você estava certo.

— Sobre o passaporte?

— Sim. Um estudante belga perdeu o passaporte no hotel Ifjuság.

— Quando?

— Até o momento isso não ficou claro. O rapaz entrou no hotel na sexta-feira, 22 de julho, à tarde. Alf Matsson deu entrada no mesmo dia, só que à noite.

— Então se encaixa.

— Sim, se encaixa, não é mesmo? Aí é que está a dificuldade. Esse homem, cujo nome é Roeder, está visitando a Hungria pela primeira vez e não conhece os procedimentos locais. Ele mesmo diz que achou perfeitamente normal entregar o passaporte e não recebê-lo de volta até sua saída do hotel. Como iria ficar três semanas, não deu maior importância ao fato e só solicitou a devolução do documento na segunda-feira seguinte, ou seja, no dia em que nos encontramos pela primeira vez. Precisava dele para tentar obter um visto para a Bulgária. Tudo isso de acordo com a declaração do próprio dono do passaporte.

— Que pode estar correta.

— Sim, claro. Na recepção do hotel, disseram imediatamente que Roeder tinha recebido seu passaporte de volta na manhã seguinte à sua chegada, ou seja, no dia 23, o mesmo dia em que Alf Matsson se mudou para o hotel Duna e desapareceu. Roeder jura que nunca recebeu o passaporte, e a equipe do hotel também jura de pés juntos que o documento do rapaz foi colocado em seu escaninho na noite de sexta-feira e que, consequentemente, ele deveria tê-lo recebido de volta na manhã de sábado. Essa é a rotina.

— E alguém lembra se ele de fato recebeu esse passaporte?

— Não. Mas isso seria pedir muito. Nessa época do ano, é comum os atendentes receberem até cinquenta passaportes por dia e entregarem outros tantos. Além disso, as pessoas que colocam os passaportes nos escaninhos não são as mesmas que os devolvem aos donos, na manhã seguinte.

— Esteve com esse Roeder?

— Sim, ele ainda está no hotel. A embaixada da Bélgica está providenciando o regresso dele.

— E então? Quero dizer, tudo se encaixa?

— Roeder usa barba. Tirando isso, a julgar pelas fotos, os dois não são exatamente parecidos. Mas infelizmente as pessoas não costumam se parecer com a foto de seus passaportes também. Alguém pode muito bem ter roubado o documento dele no escaninho durante a noite. Nada mais simples. O recepcionista do turno da noite fica sozinho e, naturalmente, em algum momento precisa ficar de costas, ou mesmo deixar o posto. E os funcionários que conferem os passaportes não têm tempo de estudar os rostos, pois os turistas inundam as fronteiras, indo e vindo. Se estamos trabalhando com a teoria de que seu conterrâneo roubou o passaporte de Roeder, pode muito bem ter deixado o país com a ajuda do documento. — Após um breve silêncio, Szluka completou: — Bem, de qualquer forma, alguém fez isso.

Martin Beck empertigou-se na cadeira.

— Você verificou?

— Sim, verifiquei. Soubemos há uns vinte minutos. A permissão de saída de Roeder está em nossos arquivos. Foi entregue à polícia de fronteira em Hegyeshalom na tarde de sábado, 23 de julho, por um dos passageiros do expresso Budapeste-Viena. E esse passageiro não pode ter sido Roeder, porque ele ainda está aqui. — Szluka fez nova pausa e em seguida, prosseguiu, hesitante: — Suponho que isso significa que Matsson deixou a Hungria.

— Não — disse Martin Beck. — Significa que não chegou a ir para ali.

24

Martin Beck dormiu mal e acordou cedo. O apartamento em Bagarmossen era escuro e sem vida; os objetos conhecidos lhe pareciam irrelevantes e tristes. Tomou um banho de chuveiro e se barbeou. Pegou o terno cinza recém-passado. Vestiu-se com todo o cuidado e correção.

Em seguida foi até a varanda. Tinha parado de chover. Consultou o termômetro, que marcava 16 graus. Tomou um café da manhã tristonho, de homem divorciado: chá com torradas. Depois sentou-se e esperou.

Kollberg chegou às nove. Stenström estava com ele no carro. Dali foram para a delegacia de polícia.

— Como foi? — perguntou Martin Beck.

— Mais ou menos — respondeu Stenström e começou a folhear seu caderno de anotações. — Molin trabalhou naquele sábado; isso ficou claro. Estava no escritório desde as oito da manhã. Na sexta-feira, ao que parece, ficou em casa dormindo para curar a ressaca. Discutimos um pouco sobre o seu sono; ele alegou que não estava dormindo, e sim que tinha desmaiado. "Você não sabe o que é desmaiar e ter vários demoniozinhos sentados em seu travesseiro? Que bom. Então é sinal de que você tem jeito para ser policial, porque não entende porra nenhuma de nada." Fui eu que transcrevi esse comentário, palavra por palavra.

— E porque ele tinha demoniozinhos no travesseiro? — perguntou Kollberg.

— Isso não conseguimos saber. Não parecia sequer saber o próprio nome e o que tinha feito na noite de quinta para sexta-

-feira; não conseguia se lembrar. Disse que era grato por isso. Foi muito insolente é estranho o tempo todo.

— Continue — disse Martin Beck.

— Bem, acho que eu estava errado ontem quando disse que Lund e Kronkvist estavam limpos. Na verdade, Fors foi quem seguiu para Lidingö com as garotas, e não Kronkvist. Por outro lado, Kronkvist foi com Lund ao Karlstad, e não na sexta, mas no sábado. Isso tudo é um pouco confuso, mas não acho que Lund mentiu quando fez sua primeira declaração: não se lembrava de nada, realmente. Ele e Kronkvist parecem ter sido os mais bêbados de todo o grupo. Lund confundiu tudo. Fors é o mais inteligente e, quando falei com ele, as coisas se tornaram mais claras. Lund desabou assim que eles chegaram à casa das garotas, e ninguém conseguiu arrancar dele qualquer sinal de vida até sexta-feira. No sábado de manhã, então, Lund ligou para Fors, que foi lá buscá-lo; de lá os dois foram até o pub; não ao Tankard, como Lund tinha pensado, mas ao bar da Ópera. Depois que Lund comeu alguma coisa e bebeu umas cervejas, ressuscitou. Foi para casa e, no caminho, apanhou Kronkvist e toda sua parafernália fotográfica. Kronkvist estava em casa naquela hora.

— E o que tinha feito antes?

— Ficou em casa; estava doente e se sentia sozinho, foi o que disse. A única coisa certa é que estava lá às quatro e meia de sábado.

— Isso foi verificado?

— Sim, foram ao hotel em Karlstad à noite. Kronkvist também teve uma ressaca pavorosa, segundo ele próprio. Lund disse que estava alto demais para "ter" alguma coisa. Lund, aliás, não usa barba. Fiz questão de registrar isso.

— Ahã.

— E depois foi a vez de Gunnarsson. A memória dele estava um pouco melhor. Ficou em casa escrevendo. No sábado foi à redação de manhã e depois à noite, quando entregou vários artigos.

— Tem certeza?

— Não diria isso. A redação é bem grande e não consegui encontrar ninguém que se lembrasse de alguma coisa em especial. Por outro lado, é verdade que ele entregou um artigo, mas poderia ter feito isso tanto à noite quanto de manhã.

— E quanto aos passaportes?

— Um momento. Pia Bolt também foi bem explícita. No entanto, recusou-se a dizer onde esteve naquela noite de quinta-feira. Tive a impressão de que dormiu com alguém, mas não quis revelar o nome.

— É possível — disse Kollberg. — Era quinta-feira e tal.

— O que quer dizer com isso?

— Nada. Talvez tenha sido um pouco cruel.

— Continue — pediu Martin Beck.

— No sábado, de qualquer forma, Pia esteve em casa com a mãe a partir das onze horas da manhã. Verifiquei isso com toda a discrição. É verdade. Bem, agora vamos aos passaportes. Molin se recusou a mostrar o seu. Não é obrigado a se identificar em sua própria casa, foi o que disse. Lund tinha um passaporte quase novo. O último carimbo era de Arlanda, no dia 16 de junho, quando voltou de Israel. Pareceu estar tudo em ordem.

— Recusou-se a mostrar o passaporte? — interveio Kollberg. — E você deixou!

— Pia Bolt esteve em Maiorca há dois anos, por uma semana. Isso era tudo. Kronkvist tinha um passaporte antigo. Muito malcuidado, aliás, coberto de notas e rabiscos. O último carimbo foi de Gotemburgo, em maio. Voltava da Inglaterra. Gunnarsson também tinha um passaporte antigo, quase todo preenchido, mas um pouco mais limpo. Tinha carimbos de Arlanda; saiu do país no dia 7 de maio e retornou no dia 10. Disse que tinha ido visitar as fábricas da Renault em Billancourt. Evidentemente, eles não carimbam passaportes na França.

— Não, é verdade — confirmou Martin Beck.

— Agora os outros; não tive tempo de fazer contato com todo mundo. Krister Sjöberg estava em casa com a família, em Älvsjö. O tal Meredith é americano, e negro, aliás.

— Vamos pular essa parte — disse Kollberg. — Não poderíamos levá-lo, pois do contrário seríamos linchados pelos *mods*.

— Agora você está sendo cruel de verdade.

— Costumo ser. De qualquer forma, acho que não precisa continuar.

— Não, acho que não — assentiu Martin Beck.

— Já sabem quem foi? — perguntou Stenström.

— Bem, pelo menos achamos que sim.

— Quem?

Kollberg olhou fixamente para Stenström.

— Pense por si mesmo, homem. Em primeiro lugar, será que era Alf Matsson mesmo a pessoa que estava em Budapeste? Será que teria uma pequena fortuna para pagar tranquilamente pelas drogas e deixar o dinheiro em sua mala, no hotel? Matsson jogaria sua chave fora na entrada de uma delegacia de polícia? Justo um homem que dava meia-volta sempre que via um policial na sua frente? Por que Matsson desapareceria por vontade própria, de uma maneira tão improvisada?

— Não, é claro que não.

— Por que Matsson viajaria para a Hungria com jaqueta azul, calça cinza e sapatos de camurça, quando tinha exatamente as mesmas roupas em sua mala? O que aconteceu com o terno escuro dele, o que estava usando na noite anterior e que não está em sua mala, nem em seu apartamento?

— Muito bem. Não era Matsson. Então quem foi?

— Alguém que usava os óculos e a capa de chuva de Matsson; alguém que usa barba. Quem foi a última pessoa a ser vista com Matsson? Quem não tinha álibi nenhum antes da noite de sábado, pelo menos? Quem, dentre todos, demonstrou estar suficientemente sóbrio e ter inteligência para montar essa historinha? Pense.

Stenström pareceu muito solene.

— Estava aqui pensando em outra coisa — comentou Kollberg e abriu o mapa de Budapeste sobre a mesa. — Olhem. Aqui está o hotel e aqui a estação central, sei lá como se chama.

— Budapest Nyugati.

— Deve ser isso. Se eu tivesse que caminhar do hotel à estação, pegaria esse caminho e, consequentemente, passaria na frente da delegacia.

— Está certo, mas nesse caso você estaria indo para a estação errada. Os trens para Viena partem daqui, da velha estação leste.

Kollberg não disse nada. Continuou examinando o mapa.

Martin Beck abriu uma planta da área de Solna e fez sinal para Stenström.

— Vá até a polícia de Solna — instruiu. — Peça a eles que isolem essa área. Há uma casa queimada lá. Estaremos no local logo que possível.

— Agora, nesse instante?

— Exatamente.

Stenström saiu. Martin Beck procurou um cigarro, acendeu-o e fumou em silêncio. Olhou para Kollberg, que estava sentado, perfeitamente imóvel. Em seguida apagou o cigarro:

— Vamos lá, então.

Kollberg dirigiu rapidamente pelas ruas vazias daquele domingo. Cruzaram a ponte; o sol saiu de trás das nuvens, e uma leve brisa percorreu a superfície da água. Martin Beck lançou um olhar ausente a um grupo de pequenos veleiros, todos em volta de uma boia, bem no meio da baía.

Prosseguiram em silêncio e estacionaram no mesmo lugar do dia anterior. Kollberg apontou para um Lancia preto, parado um pouco mais adiante.

— É o carro dele. Então provavelmente está em casa.

Os dois atravessaram a Svartensgatan e abriram a porta. O ar estava frio e úmido. Subiram em silêncio as escadarias desgastadas até o quinto andar.

25

A porta se abriu imediatamente.

O homem de pé na soleira usava um robe e chinelos e pareceu extremamente surpreso.

— Desculpem — disse. — Achei que era minha noiva.

Martin Beck o reconheceu na hora. Era o mesmo homem que Molin lhe tinha apontado no Tankard, no dia anterior ao de sua viagem para Budapeste. Um rosto franco, agradável. Olhos calmos e azuis. Muito bem-constituído. Usava barba e tinha estatura mediana, mas, assim como no caso do estudante belga Roeder, essas eram suas únicas semelhanças com Alf Matsson.

— Somos da polícia. Meu nome é Beck. E esse é o inspetor Kollberg.

As apresentações foram secas e cordiais.

— Kollberg.

— Gunnarsson.

— Podemos entrar um minuto? — perguntou Martin Beck.

— É claro. Do que se trata?

— Gostaríamos de falar sobre Alf Matsson.

— Um policial veio aqui ontem e me perguntou a mesma coisa.

— Sim, nós sabemos.

Assim que Martin Beck e Kollberg entraram no apartamento, passaram por uma mudança. Aconteceu com os dois ao mesmo tempo, sem que ambos tivessem consciência do fato. Toda incerteza, hesitação ou vigilância dentro deles desapareceu, e sobreveio uma calma bem rotineira, uma determinação mecânica que demonstrava que ambos sabiam exatamente o que iria acontecer. E sabiam também que já tinham passado por aquilo antes.

Percorreram o apartamento sem dizer nada. Era claro, espaçoso e mobiliado com cuidado e atenção, mas de certo modo dava a impressão de que ninguém ainda morara, de fato, ali. Grande parte da mobília era nova e ainda parecia exposta numa vitrine.

As janelas das duas salas davam para a rua; o quarto e a cozinha tinham vista para o pátio interno. O homem, evidentemente, mal começara a se lavar e a se vestir quando os dois tocaram a campainha. No quarto havia duas camas amplas, bem encostadas uma na outra, e uma terceira, que tinha sido usada recentemente. Na mesinha de cabeceira, ao lado da cama desfeita, havia meia garrafa de água mineral, um copo, duas caixas de comprimidos e uma fotografia num porta-retratos.

No quarto havia também uma cadeira de balanço, dois banquinhos, uma penteadeira com gavetas e um espelho giratório. A foto era de uma mulher jovem com cabelos bonitos, feições harmoniosas e saudáveis e olhos muito claros e brilhantes. Não usava maquiagem; trazia apenas uma corrente de prata em torno do pescoço. Martin Beck reconheceu o estilo; há 16 anos, tinha dado uma igualzinha à sua mulher. Voltaram à saleta após concluir o tour.

— Por favor, queiram sentar-se — disse Gunnarsson.

Martin Beck assentiu e se sentou num dos sofás de vime, com espaço para duas pessoas, que estava próximo à escrivaninha. O homem de robe continuou de pé e olhou de soslaio para Kollberg, que ainda perambulava pelo apartamento.

Manuscritos, livros e papéis estavam dispostos em pilhas bem arrumadas sobre a mesa. Uma folha meio escrita estava presa à máquina de escrever; ao lado do telefone havia outra fotografia, também num porta-retratos.

Martin Beck reconheceu na hora a mulher com o cordão de prata e os olhos claros. Mas a foto tinha sido tirada em uma área externa; a moça tinha a cabeça jogada para trás e ria para o fotógrafo, com o vento agitando os belos cabelos em desalinho.

— Como posso ajudá-los? — perguntou educadamente o homem de robe.

Martin Beck olhou diretamente para ele. Os olhos do homem continuavam azuis, calmos e tranquilos. A sala estava em silêncio. Era possível ouvir Kollberg, que fazia alguma coisa em outra parte do apartamento, possivelmente no banheiro ou na cozinha.

— Conte o que aconteceu — pediu Martin Beck.

— Quando?

— Na véspera do dia 22 de julho, quando você e Matsson saíram do bar da Ópera.

— Já contei isso. Nós nos separamos na rua. Peguei um táxi e vim para casa. Ele não ia para a mesma direção que eu e esperou outro táxi.

Martin Beck apoiou os antebraços na escrivaninha e olhou para a mulher na foto.

— Posso ver seu passaporte?

O homem contornou a escrivaninha, sentou-se e abriu uma das gavetas. O sofá de vime rangeu amigavelmente.

— Aqui está.

Martin Beck folheou as páginas do passaporte. Era velho e desgastado; o último carimbo era mesmo o da entrada em Arlanda, no dia 10 de maio. Na página seguinte, que era também a última do passaporte, havia algumas anotações, entre as quais dois números de telefone e um verso curto. A parte interna da capa também estava cheia de anotações; na maioria, eram comentários sobre carros ou motores, feitos há muito tempo e de maneira muito apressada. O verso estava escrito na diagonal, em declive, com caneta esferográfica verde. Martin Beck virou o passaporte e leu:

> Uma vez houve um jovem de Dundee
> que disse: "Eles não podem viver assim.
> Casa alguma está completa
> sem meu troninho e sem mim.
> Minhas iniciais: W.C."

O homem do outro lado da mesa seguiu o olhar e explicou:
— É um versinho de humor.
— É, eu sei.
— É sobre Winston Churchill. Dizem até que foi ele mesmo quem escreveu. Ouvi no avião, voltando de Paris, e achei tão bom que fiz questão de anotar.

Martin Beck permaneceu em silêncio. Ficou olhando o verso. Por baixo da escrita, o papel era um pouco mais claro e havia vários pontinhos verdes que não deveriam estar ali. Poderiam ser perfurações de algum carimbo verde aplicado na página anterior, mas não havia nada assim. Stenström certamente devia ter notado aquilo.

— Se tivesse desembarcado em Copenhague e pegado a balsa para a Suécia, teria evitado o problema — disse ele ao homem.
— Não estou entendendo o que quer dizer.

O telefone tocou. Gunnarsson atendeu. Kollberg entrou na sala.
— É para um de vocês — anunciou o homem de robe.

Kollberg pegou o fone e ouviu a voz de alguém do outro lado:
— Ah, sim. Pode mandá-los ir. Sim, devem esperar lá. Chegaremos logo. — Ele pôs o fone no gancho. — Era Stenström. O corpo de bombeiros pôs fogo na casa na última segunda-feira.

— Temos pessoal nosso dando buscas no que restou daquela casa incendiada em Hagalund — explicou Martin Beck.

— Ainda não sei do que você está falando.

Os olhos do homem continuavam serenos e sinceros. Houve um breve silêncio; Martin Beck deu de ombros:

— Vá se vestir.

Sem dizer uma palavra, Gunnarsson caminhou em direção à porta do quarto, seguido de perto por Kollberg.

Martin Beck continuou onde estava, imóvel. Seus olhos se detiveram novamente na fotografia. Embora na verdade não tivesse importância, por alguma razão estava irritado com o fato de a conversa ter sido interrompida daquela forma. Após ver o passaporte, teve absoluta certeza, mas a ideia sobre a prática do corpo de bombeiros na casa incendiada tinha sido um chute — que poderia muito bem estar errado. Se o homem conseguisse manter a serenidade, a investigação poderia se complicar bastante. No entanto, esse não era o principal motivo de seu descontentamento.

Gunnarsson voltou cinco minutos depois, usando um suéter cinza e calças marrons. Consultou o relógio:

— Agora podemos ir. Vou receber uma visita em breve e agradeceria se... — Sorriu e deixou a frase inacabada. Martin Beck continuou sentado.

— Não estamos com pressa nenhuma.

Kollberg voltou do quarto.

— As calças e a jaqueta azul ainda estão penduradas no guarda-roupa.

Martin Beck assentiu. Gunnarsson começou a andar pela sala, para lá e para cá. Agora se movia nervosamente, mas sua expressão se mantinha tão imperturbável quanto antes.

— Talvez não seja tão ruim quanto parece — disse Kollberg com ar amigável. — Não precisa ser tão resignado.

O inspetor olhou rapidamente para seu colega e em seguida para Gunnarsson. Claro que Kollberg estava certo: o homem tinha desistido. Sabia que era o fim da linha. Aliás, ele soube disso no momento que os policiais cruzaram a soleira da porta. Era provável que, agora, estivesse dominado por esse sentimento, mas ainda assim, não totalmente invulnerável. Apesar disso, o que tinha de ser feito era bastante desagradável.

Martin Beck recostou-se novamente no sofá de vime e esperou. Kollberg continuou calado e imóvel diante da porta do quarto. Gunnarsson continuou de pé no meio da sala. Consultou o relógio, mas nada disse.

Passou-se um minuto. E mais um. E o terceiro. O homem consultou novamente o relógio de pulso, provavelmente por puro reflexo, e ficou claro que aquilo o irritava. Dois minutos depois olhou de novo, mas dessa vez tentou esconder a manobra passando a mão esquerda pelo rosto quando desviou o olhar para o pulso. Lá embaixo, na rua, alguém bateu a porta de um carro.

O homem abriu a boca para dizer alguma coisa, mas escapou uma única palavra.

— Se...

Arrependeu-se logo em seguida, deu dois passos rápidos em direção ao telefone e disse:

— Desculpem, preciso dar um telefonema.

Martin Beck assentiu e olhou, inflexível, para o telefone. 018. O código de área de Uppsala. Tudo se encaixava. Seis números. Atenderam ao terceiro sinal.

— Oi. Aqui é Åke. Ann-Louise já saiu? Ah. Quando?

Martin Beck pensou ter ouvido uma voz de mulher dizer: "Há mais ou menos uns 15 minutos."

— Ah, sim. Muito obrigado. Até logo.

Gunnarsson recolocou o fone no gancho e falou em voz baixa:

— Então, podemos ir agora?

Ninguém respondeu. Dez longos minutos se passaram. Então Martin Beck disse:

— Sente-se.

Ele fitou Gunnarsson. Permaneceu em silêncio. Ficou pensando no que aconteceria se o homem do outro lado da mesa de repente se desse conta de que o silêncio era tão penoso para os policiais quanto para ele. Talvez isso não o ajudasse muito. De alguma forma, estavam todos no mesmo barco agora.

Gunnarsson olhou para o relógio, pegou uma caneta que estava sobre a escrivaninha e recolocou-a exatamente no mesmo lugar.

Martin Beck desviou a atenção para a fotografia e só então olhou para seu próprio relógio. Vinte minutos haviam se passado desde o telefonema. No mínimo tinham meia hora de vantagem.

Fitou Gunnarsson novamente e se pegou pensando em tudo que tinham em comum. A cama gigante que rangia. A vista. Os barcos. A chave do quarto. O calor úmido que vinha do rio.

Voltou os olhos abertamente para o relógio. E algo nesse movimento pareceu irritar consideravelmente o homem. Talvez por lembrá-lo de que tinham, de fato, um interesse comum.

A ruína veio uns trinta segundos depois. Gunnarsson moveu o olhar de um para o outro e disse, com voz bem clara:

— Ok. O que querem saber?

Ninguém respondeu.

— Sim, claro que vocês estão certos. Fui eu.

— E o que aconteceu?

— Não quero falar sobre isso — afirmou ele em tom grosseiro.

Agora os olhos estavam voltados teimosamente para baixo, para o tampo da escrivaninha. Kollberg contemplou-o desanimado, voltou-se para Martin Beck e assentiu.

— Você precisa entender que vamos descobrir tudo, de qualquer forma — disse ele. — Há testemunhas que podem identificá-lo. Vamos encontrar o taxista que o trouxe para cá naquela noite. Ele vai lembrar se você estava sozinho ou não. Seu carro e seu apartamento serão examinados por especialistas, assim como a casa queimada em Hagalund. Se houver um corpo lá, com certeza terá sobrado o suficiente. Isso não importa agora. Encontraremos Alf Matsson, independentemente do que tenha acontecido a ele ou de onde tenha ido. Você não conseguirá esconder muita coisa, pelo menos nada que seja importante.

Gunnarsson o encarou:

— Nesse caso, não entendo qual é a razão de tudo isso.

Martin Beck sabia que iria se lembrar desse comentário durante anos, talvez pelo resto de sua vida.

Foi Kollberg quem salvou a situação. Seu tom de voz era enfadonho:

— É nosso trabalho informá-lo de que é suspeito de homicídio. Naturalmente, tem direito a ser representado por um advogado durante o inquérito formal.

— Alf veio comigo no táxi. Viemos para cá. Ele sabia que eu tinha uma garrafa de uísque em casa e insistiu para que acabássemos com ela.

— E aí?

— Já estávamos bastante bêbados. E discutimos. — Gunnarsson ficou em silêncio e deu de ombros. — Eu preferia não falar sobre isso.

— Por que brigaram? — perguntou Kollberg.

— Ele... ele me deixou louco.

— Em que sentido?

Uma ligeira mudança ocorreu naqueles olhos azuis. Descontrolados. Não pareciam inofensivos.

— Comportou-se como um... bem, disse certas coisas. Sobre minha noiva. Só um momento; posso explicar como começou. Se olharem na primeira gaveta à direita... tem algumas fotos lá.

Martin Beck abriu a gaveta e encontrou as fotografias, que segurou com cuidado entre os dedos. Tinham sido tiradas em alguma praia. Eram justamente o tipo de fotos que pessoas apaixonadas costumam tirar numa praia, desde que não haja risco de serem incomodadas. Folheou-as muito depressa, quase sem olhá-las, na verdade. A de baixo estava dobrada e danificada. A mulher de olhos claros sorria para o fotógrafo.

— Eu tinha ido ao banheiro. Quando voltei, lá estava ele fuçando minhas gavetas. Tinha encontrado... essas fotos. Tentou pôr uma no bolso. Eu já estava bravo com ele, mas aí fiquei... furioso. — O homem fez uma breve pausa e depois acrescentou, como um pedido de desculpas: — Infelizmente não consigo me lembrar com clareza desses detalhes em particular.

Martin Beck assentiu.

— E apesar de sua resistência, tomei a fotografia da mão dele. Em seguida ele começou a gritar coisas grosseiras sobre, bem, sobre Ann-Louise. Claro, eu sabia que cada palavra que dizia era mentira, mas não consegui suportar ouvi-las. Matsson falava muito alto, quase gritando. Acho que fiquei com medo de os vizinhos acordarem. — O homem baixou os olhos. Fitou as própria mãos. — Bem, aquilo não era tão importante. Mas de algum modo ficou guardado em mim, não sei. Será que tenho que repetir...

— Esqueça os detalhes por enquanto — afirmou Kollberg. — O que aconteceu?

Gunnarsson continuou observando teimosamente as próprias mãos.

— Eu o estrangulei — confessou em um tom de voz muito baixo.

Martin Beck esperou uns dez segundos. Depois correu o dedo indicador pelo nariz:

— E depois disso?

— De repente fiquei completamente sóbrio, ou pelo menos pensei ter ficado. Alf estava estendido aqui no chão. Morto. Eram umas duas horas da manhã. Naturalmente eu deveria ter chamado a polícia. Mas não me pareceu tão simples assim. — Ficou pensativo por um momento. — Porque teria sido a ruína total.

Martin Beck assentiu e olhou para o relógio. Isso pareceu apressar Gunnarsson.

— Fiquei uns 15 minutos mais ou menos pensando no que fazer. Nessa mesma cadeira. Eu me recusei a aceitar que a situação não tinha solução. Tudo que aconteceu me pareceu tão... surpreendente... tão fora de propósito! Na verdade, não fui capaz de entender que tinha sido eu, que de repente eu tinha... Bem, podemos falar sobre isso depois.

— Você sabia que Matsson estava indo para Budapeste — disse Kollberg.

— Sim, é claro. Os passaportes e as passagens estavam com ele. Só precisaria ir em casa e pegar a mala. Acho que foram os óculos que me deram a ideia; tinham caído e estavam no chão. Eram de um tipo especial e, de algum modo, mudavam sua aparência. Depois, por acaso, comecei a pensar naquela casa. Já tinha assistido da varanda aos exercícios do corpo de bombeiros; via como eles incendiavam a casa e depois extinguiam o fogo. Isso acontecia toda segunda-feira. Observei que não inspecionavam o local com muito rigor antes de atearem fogo. Sabia que, em pouco tempo, queimariam completamente o pouco que tinha restado. Sem dúvida, é bem mais barato do que demolir da forma tradicional. — Gunnarsson lançou um olhar rápido e desesperado na direção de Martin Beck. — Então peguei o passaporte, as passagens, as chaves do carro e as chaves do apartamento dele. E depois... — Ele começou a tremer, mas conseguiu se controlar. — Depois carreguei-o para o carro. Essa foi a parte mais difícil, mas eu tive... bem, eu ia dizer que tive sorte. Rumei então para Hagalund.

— Para a antiga casa de fazenda?

— Isso. Estava tudo completamente silencioso por lá. Carreguei... Alfie para o porão. Foi difícil, porque parte das escadas tinha desabado. Coloquei-o atrás de uma parede solta, debaixo de um monte de entulho, de modo que ninguém o encontrasse. Estava morto, afinal de contas. Não importava tanto assim. Pelo menos foi o que pensei.

Martin Beck olhou ansiosamente para o relógio.

— Continue.

— O dia estava começando a clarear. Fui até a Fleminggatan, peguei a mala de Alfie, que já estava arrumada, e a coloquei no carro dele. Voltei para cá, limpei um pouco a bagunça e peguei os óculos e o casaco dele, que ainda estava no cabideiro na entrada. Saí quase em seguida. Não me atrevi a ficar aqui esperando. Peguei o carro dele de novo, fui até Arlanda e estacionei lá. — O homem olhou ansiosamente para Martin Beck. — Foi tão fácil... como se tudo conspirasse a meu favor. Coloquei os óculos, mas o casaco era muito pequeno para mim. Carreguei-o no braço e passei pelo controle de passaportes. Não me lembro muito da viagem, mas tudo me pareceu igualmente simples.

— Mas como você tinha pensado em sair de lá?

— Sei lá, de algum modo sabia que tudo ia dar certo. Pensei que o melhor seria pegar o trem até a fronteira com a Áustria e tentar atravessar ilegalmente. Tinha meu passaporte no bolso e poderia usá-lo para voltar para casa, a partir de Viena. Havia estado lá antes, portanto sabia que não carimbavam a data de saída no passaporte. Mas tive sorte de novo, ou pelo menos assim pensei.

Martin Beck assentiu.

— Havia uma carência de leitos, e Alfie tinha reservas em dois hotéis diferentes, sendo só a primeira noite no primeiro hotel. Não me lembro como se chamava.

— Hotel Ifjuság.

— Sim, talvez. De qualquer forma, cheguei com um grupo de pessoas que falavam francês. Deduzi que tinham chegado mais cedo, no mesmo dia. Pareciam todos estudantes e vários deles usavam barba. Quando apresentei o passaporte de Alfie, o recepcionista estava colocando outros passaportes nos escaninhos, de pessoas que já tinham dado entrada no hotel. Fiquei um pouco no saguão e então, quando o recepcionista se afastou do local por um minuto, tive a chance de pegar um daqueles documentos. Precisei examinar uns três antes de encontrar um que servisse; era belga. O nome do cara era Roederer ou coisa assim. De qualquer forma, o nome me lembrava um tipo de champanhe.

Martin Beck olhou novamente para o relógio.

— E na manhã seguinte?

— Bem, recebi de volta o passaporte de Alfie... de Matsson... e fui para o outro hotel, que era grande e luxuoso. Hotel Duna, esse era o nome. Apresentei o passaporte dele na recepção e levei sua mala para o quarto. Não fiquei mais de meia hora ali; logo em seguida fui embora. Tinha conseguido um mapa e dei um jeito de chegar à estação ferroviária. No caminho percebi que ainda tinha a chave do quarto no bolso. Era grande e inconveniente, portanto decidi jogá-la fora na frente de uma delegacia de polícia pela qual passei no caminho. Achei que era uma boa ideia.

— Não particularmente — disse Kollberg.

Gunnarsson esboçou um sorriso fraco.

— Consegui pegar o expresso para Viena, que levou apenas quatro horas. Primeiro tirei os óculos de Alfie, é claro, e enrolei o casaco. Naquele momento usei o passaporte belga e funcionou perfeitamente. O trem estava muito cheio, e o funcionário do controle de passaportes estava apressadíssimo. Era uma funcionária, na verdade. Em Viena, peguei um táxi da estação diretamente para o aeroporto e tomei o voo da tarde para Estocolmo.

— E o que fez com o passaporte de Roeder? — perguntou Martin Beck.

— Rasguei em mil pedaços, joguei num vaso sanitário no banheiro da estação e puxei a descarga. Fiz isso com os óculos também; esmaguei as lentes e quebrei a armação.

— E o casaco?

— Pendurei num cabideiro, no café da estação.

— E à noite já estava aqui de volta?

— Sim. Ainda passei na redação e entreguei duas matérias que tinha escrito antes.

A sala mergulhou em silêncio. Finalmente Martin Beck o interrompeu:

— Chegou a experimentar a cama?

— Onde?

— No Duna.

— Experimentei. Rangia. — Gunnarsson olhou novamente para as mãos. Seu tom de voz era baixo: — Fiquei numa situação muito difícil. E não só para mim. — Olhou rapidamente para a fotografia. — Se nada tivesse acontecido, eu teria me casado no domingo. E...

— Sim?

— Na verdade foi um acidente. Você entende...

— Entendo — disse Martin Beck.

Kollberg mal tinha se movido durante a última hora. Agora, de repente deu de ombros, parecendo irritado:

— Ok. Vamos, vamos embora.

O homem que tinha matado Alf Matsson de repente se curvou.

— Sim, é claro — disse, com voz firme. — Desculpe.

Levantou-se rapidamente e foi ao banheiro. Nenhum dos outros dois homens se mexeu, mas Martin Beck olhou para a porta fechada com expressão infeliz. Kollberg acompanhou seu olhar:

— Não há absolutamente nada lá dentro que possa machucá-lo. Tirei até o copo da escova de dentes.

— Tinha uma caixa de pílulas para dormir na mesinha de cabeceira. Pelo menos umas 25 pílulas.

Kollberg foi até o quarto e voltou.

— Não está mais lá — Ele olhou para a porta do banheiro. — Será que a gente...?

— Não — disse Martin Beck. — Vamos esperar.

Não precisaram aguardar mais de trinta segundos. Åke Gunnarsson saiu do banheiro espontaneamente. Esboçou um fraco sorriso.

— Podemos ir agora?

Ninguém respondeu. Kollberg foi até o banheiro, inclinou-se sobre o vaso, levantou a tampa da caixa acoplada, enfiou a mão lá dentro e retirou um frasco de pílulas para dormir. Leu o rótulo em voz alta enquanto voltava para a sala.

— Vesperax. Bem perigoso. — Em seguida fitou Gunnarsson e perguntou, com voz preocupada: — Isso foi um tanto desnecessário, não acha? Agora teremos que levar você ao hospital. Vão vesti-lo com um avental que chega até os pés e depois vão enfiar um tubo de borracha na sua garganta. Amanhã não vai conseguir comer nem falar.

Martin Beck telefonou e pediu uma viatura.

Desceram rapidamente as escadas, todos movidos pelo mesmo desejo de sair correndo dali. Quando chegaram à rua, o carro já estava lá.

— Caso de lavagem estomacal — disse Kollberg. — É muito urgente. Vamos seguir vocês.

Quando Gunnarsson já estava sentado dentro do carro, Kollberg pareceu se lembrar de alguma coisa. Segurou a porta aberta por um instante.

— Quando você saiu do hotel para pegar o trem, foi primeiro para a estação errada?

O homem que matou Alf Matsson o encarou com olhos que já começavam a ficar embaçados e pouco normais.

— Fui. Como sabia disso?

Kollberg fechou a porta, e o carro seguiu em frente. O policial que dirigia ligou a sirene na primeira esquina.

Policiais de macacão cinza circulavam com cuidado entre montes de destroços e vigas carbonizadas na casa incendiada. Um pequeno grupo de transeuntes de fim de semana, com carrinhos de bebê e caixas de torta na mão, aglomerava-se do lado de fora da área cercada e observava, curioso. Já passava das quatro da tarde.

Logo que Martin Beck e Kollberg saíram do carro, Stenström se afastou de um grupo de policiais e veio até eles.

— Vocês estavam certos — disse ele. — O corpo está lá dentro, mas não sobrou muita coisa.

Uma hora mais tarde estavam novamente a caminho do centro de Estocolmo. Quando ultrapassaram os limites da Cidade Velha, Kollberg comentou:

— Em uma semana a empresa que está construindo naquela área terá revolvido tudo com uma retroescavadeira.

Martin Beck concordou.

— Ele fez o melhor que podia. — O tom de voz de Kollberg era filosófico. — E não foi de todo mau; se soubesse um pouquinho mais sobre Matsson, se tivesse se dado ao trabalho de ver o que havia na mala dele, se tivesse saído do avião em Copenhague em vez de correr o risco de apagar coisas em seu passaporte...

E deixou a frase no ar, incompleta. Martin Beck o olhou de lado.

— E daí? Você quer dizer que talvez ele pudesse ter ficado impune?

— Não. É claro que não.

Apesar do clima duvidoso daquele verão, havia milhares de pessoas no Vanadisbadet. Quando passaram por ali, Kollberg pigarreou:

— Não vejo por que você precisa continuar nesse caso. Afinal, supostamente, deveria estar de férias.

Martin Beck olhou para o relógio. Não teria tempo de chegar à ilha naquele mesmo dia.

— Pode me deixar na Odengatan.

Kollberg parou na frente de um cinema, na esquina.

— Até logo, então.

— Até.

Nem sequer apertaram as mãos. Martin Beck ficou na calçada, olhando o carro se afastar. Depois atravessou a rua em diagonal, contornou a esquina e entrou num restaurante que havia ali, o Metropol. A iluminação do bar era tênue e agradável. Em uma das mesas do canto, as pessoas conversavam em voz baixa. Sentou-se no bar.

— Uísque — pediu.

O barman era um homem corpulento, com olhos calmos, movimentos ágeis e paletó branquíssimo.

— Água gelada?
— Sim, por que não?
— Certo — disse o barman. — Ótimo. Uísque duplo com água gelada. Não há nada igual.

Martin Beck ficou sentado no bar por umas quatro horas. Não voltou a falar, mas de vez em quando apontava para o copo. O homem do paletó branco também permanecia em silêncio. Melhor assim.

Martin Beck fitou seu próprio rosto no espelho enfumaçado atrás da fileira de garrafas. Quando a imagem começou a se tornar borrada, chamou um táxi e foi para casa. Começou a se despir ainda no hall de entrada.

26

Martin Beck acordou sobressaltado após um sono profundo e sem sonhos. O cobertor e o lençol tinham caído no chão, e ele sentia frio. Quando se levantou para fechar a porta da varanda, viu estrelas diante de seus olhos. Sua cabeça latejava, e a boca estava rígida e seca. Foi ao banheiro e, com dificuldade, engoliu dois analgésicos com a ajuda de um copo d'água. Depois voltou para a cama, puxou o lençol e o cobertor e tentou voltar a dormir. Após algumas horas de cochilos intermitentes repletos de pesadelos, levantou-se e permaneceu no chuveiro por um longo tempo antes de começar a se vestir devagar. Em seguida, foi para a varanda e ficou lá, com os cotovelos no parapeito e o queixo nas mãos.

O céu estava limpo e claro, e o ar fresco da manhã pressagiava a chegada do inverno. Durante algum tempo ficou observando um bassê gordo que transitava livremente do lado de fora do prédio, entre os troncos de árvores e o pequeno arco verde. Deveria ser um pomar, mas não fazia jus a esse status. O chão entre as folhagens estava coberto de agulhas de pinheiro e de galhos; a pouca grama que existia ali no início do verão tinha sido pisoteada havia muito tempo.

Martin Beck voltou ao quarto e arrumou a cama. Durante algum tempo percorreu, impaciente, os cômodos. Antes de sair, colocou algumas bugigangas e livros na mala.

Pegou o metrô até o cais. O barco só partiria em uma hora; resolveu então caminhar devagar até a ponte. Sua embarcação estava atracada, com a rampa abaixada; alguns tripulantes empilhavam caixas no convés da frente. Martin Beck não embarcou logo: continuou andando e parou para tomar uma xícara de chá, o que automaticamente o fez sentir-se ainda pior.

Quinze minutos antes da partida, tomou seu lugar no barco, que já acumulava vapor e arrotava fumaça branca pela chaminé. Subiu ao convés e sentou-se no mesmo lugar em que se sentara no início das férias, havia apenas duas semanas. Agora nada o impediria de desfrutá-las, pensou, mas não sentia mais qualquer prazer ou entusiasmo ao pensar em seu descanso na ilha.

O motor chacoalhou. O barco zarpou, apitando bem alto, e Martin Beck se debruçou no parapeito, olhando os redemoinhos de espuma na água. A sensação boa de tirar férias de verão se esvaíra, e não conseguia sentir nada além de um desconforto enorme.

Após um tempo, entrou num bar e pediu água mineral. Quando voltou ao convés, seu lugar tinha sido ocupado por um homem gordo, vermelho, com roupas esportivas e uma boina na cabeça.

Antes que Martin Beck tivesse tempo de impedir, o homem se apresentou e despejou em cima dele uma torrente de palavras sobre a beleza do arquipélago, que conhecia intimamente. Martin Beck ouviu apaticamente enquanto o homem apontava para as ilhas que passavam, chamando-as por seus nomes. Por fim conseguiu interromper aquele monólogo e correu para o bar.

Durante o resto da viagem, deixou-se ficar a meia-luz num dos bancos duros, estofados com espuma de borracha, olhando a poeira que rodopiava no raio de luz esverdeada que emanava de uma escotilha.

Nygren estava sentado dentro de seu barco, esperando o barco a vapor no quebra-mar. Quando se aproximaram da ilha, desligou o motor e deixou o barco deslizar, para que Martin Beck pudesse pular na praia. Em seguida ligou novamente o motor, acenou e desapareceu.

Ele caminhou até o chalé. Sua mulher estava deitada ao abrigo do vento, atrás da casa, tomando sol nua sobre um cobertor.
— Oi.
— Oi, não ouvi você chegar.
— Onde estão as crianças?
— Saíram de barco. Como foi em Budapeste?
— É muito bonito lá. Não recebeu o cartão-postal que mandei?
— Não.
— Vai chegar mais tarde, imagino.

Foi até o chalé, bebeu um gole d'água e ficou imóvel, olhando para a parede. Pensou na mulher de cabelos bonitos, com a correntinha no pescoço. Ficou imaginando se teria tocado a campainha do apartamento por muito tempo, sem que ninguém viesse abrir a porta. Ou então se teria chegado muito tarde e encontrado o apartamento já cheio de policiais, com suas pinças e instrumentos.

Ouviu sua mulher entrar na sala.
— Mas como você está, de verdade?
— Não muito bem — respondeu Martin Beck.

Este livro foi composto na tipologia Simoncini
Garamond Std, em corpo 11/15, e impresso em
papel off-white no Sistema Cameron da
Divisão Gráfica da Distribuidora Record.